美文馆

小小说美文馆

主编

马国兴

吕双喜

古韵 灯影下的篆书

郑州大学出版社

郑州

图书在版编目(CIP)数据

古韵:灯影下的篆书/马国兴,吕双喜主编.—郑州:
郑州大学出版社,2017.1
(小小说美文馆)
ISBN 978-7-5645-3674-9

Ⅰ.①古… Ⅱ.①马…②吕… Ⅲ.①小小说-小说
集-中国-当代 Ⅳ.①I247.8

中国版本图书馆 CIP 数据核字(2016)第 309828 号

郑州大学出版社出版发行　　　　　　　　　　
郑州市大学路 40 号　　　　　　　邮政编码:450052
出版人:张功员　　　　　　　　　发行部电话:0371-66658405
全国新华书店经销
河南文华印务有限公司印制
开本:710 mm×1 000 mm　1/16
印张:10
字数:146 千字
版次:2017 年 1 月第 1 版　　　　印次:2017 年 1 月第 1 次印刷

书号:ISBN 978-7-5645-3674-9　　　定价:25.00 元
本书如有印装质量问题,请向本社调换

编委名单

主　编　马国兴　吕双喜

副主编　王彦艳　郜　毅

编　委　连俊超　牛桂玲　胡红影　陈　思

　　　　李锦霞　段　明　孙文然　阿　莲

　　　　阿　康　荣　荣　蔡　联　徐小红

　　　　郭　恒

序

杨晓敏

　　书来到我们手上，就好像我们去了远方。

　　阅读的神妙之处，在于我们能够经由文字，在现实生活之外，构筑属于自己的精神生活。透过每篇文章，读者看到的不仅是故事与人物，也能读出作者的阅历，触摸一个人的心灵世界。就像恋爱，选择一本书也需要缘分，心性相投至关重要，阅读的过程中，你会发现他与自己的不同，而你非常喜欢，也会发现他与自己的相同，以至十分感动。阅读让我们超越了世俗意义上的羁绊，人生也渐渐丰厚起来。

　　在这个信息碎片化的网络时代，面对浩若烟海的读物，读者难免无所适从，而阅读选本无疑是一个不错的选择。从《诗经》到《唐诗三百首》再到《唐诗别裁》，从《昭明文选》到"三言二拍"再到《古文观止》，历代学者一直注重编辑诗文选本，千淘万漉，吹沙见金。鲁迅先生说过："凡选本，往往能比所选各家的全集更流行，更有作用。册数不多，而包罗诸作。"为承续前人的优秀传统，我们编选了"小小说美文馆"丛书。

　　当代中国，在生活节奏加快与高科技发展的影响下，传统的阅读与写作方式发生了深刻的变化，小小说应运而生，成为当下生活中的时尚性文体。作为一种深受社会各界读者青睐的文学读写形式，小小说对于提高全民族的大众的文化水平、审美鉴赏能力，提升整体国民素质，在潜移默化中起到了不可估量的作用。小小说注重思想内涵的深刻和艺术品质的锻造，小中见大、纸短情长，在写作和阅读上从者甚众，无不加速文学（文化）的中产阶级的形成，不断被更大层面的受众吸纳和消化，春雨润物般地为社会进步提供着最活跃的大众智力资本的支持。由此可见，小小说的文化意义大于它的文学意义，教育意义大于它的文化意义，社会意义又大于它的教育意义。

　　因为小小说文体的简约通脱、雅俗共赏的特征，就决定了它是属于大众文化的范畴。我曾提出，小小说是平民艺术，那是指小小说是大多数人都能阅读(单纯通脱)、大多数人都能参与创作(贴近生活)、大多数人都能从中直接受益(微言大义)的艺术形式。小小说作为一种文体创新,自有其相对规范的字数限定(一千五百字左右)、审美态势(质量精度)和结构特征(小说要素)等艺术规律上的界定。我提出的小小说是平民艺术,除了上述的三种功效和三个基本标准外,着重强调两层意思:一是指小小说应该是一种有较高品位的大众文化,能不断提升读者的审美情趣和认知能力;二是指它在文学造诣上有不可或缺的质量要求。

小小说贴近生活,具有易写易发的优势。因此,大量作品散见于全国数千种报刊中,作者也多来自民间,社会底层的生活使他们的创作左右逢源。一种文体的兴盛繁荣,需要有一批批脍炙人口的经典性作品奠基支撑,需要有一茬茬代表性的作家脱颖而出。所以,仅靠文学期刊,是无法垒砌高标准的巍巍文学大厦的。我们编选"小小说美文馆"丛书,是对人才资源和作品资源进行深加工,是新兴的小小说文体的集大成,意在进一步促进小小说文体自觉走向成熟,集中奉献出思想内容与艺术形式兼优的精品佳构,继而走进书店、走进主流读者的书柜并历久弥新,积淀成独特的文化景观,为小小说的阅读、研究和珍藏,起到推动促进的作用。

编选"小小说美文馆"丛书,我们选择作品的标准是思想内涵、艺术品位和智慧含量的综合体现。所谓思想内涵,是指作者赋予作品的"立意",它反映着作者提出(观察)问题的角度、深度和批判意识,深刻或者平庸,一眼可判高下。艺术品位,是指作品在塑造人物性格,设置故事情节,营造特定环境中,通过语言、文采、技巧的有效使用,所折射出来的创意、情怀和境界。而智慧含量,则属于精密判断后的"临门一脚",是简洁明晰的"临床一刀",解决问题的方法、手段和质量,见此一斑。

好书像一座灯塔,可以使我们在瞬息万变的社会不迷失自己的方向,并能在人生旅途中执着地守护心中的明灯。读书是一种积极的生活情趣,一个对未来的承诺。读书,可以使我们在人事已非的时候,自己的怀中还有一份让人感动的故事情节,静静地荡涤人世的风尘。当岁月像东去的逝水,不再有可供挥霍的青春,我们还有在书海中渐次沉淀和饱经洗练的智慧,当我们拈花微笑,于喧嚣红尘中自在地坐看云起的时候,不经意地挥一挥手,袖间,会有隐隐浮动的书香。

(杨晓敏,河南省作协副主席,郑州小小说文化传媒有限公司董事长、总编辑,《小小说选刊》《百花园》主编。)

目 录

满船明月

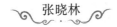
张晓林

在没有和黄庭坚晤面之前,苏轼就已经知道他的名字了。

这事可以追溯到熙宁五年。那年的十二月,因为筑堤的差事,苏轼从汴京来到湖州,找湖州知州孙莘老商谈一些筑堤的细节,譬如用民工多少、银两筹集的渠道,等等。

公干之余,孙莘老拿出黄庭坚的诗文,交给苏轼。苏轼读了几纸,大为惊异,问:"可是晋唐人所作?"

孙莘老笑笑,说:"是个无名后生,还望苏公提携。"

苏轼摇一下头:"用不着我提携,此人必将名扬天下。只是诗文有兀傲离俗之气,恐难为当世所用。"

话还真叫苏轼说准了。若干年后,黄庭坚刚到太和县任上,就萌生了归隐乡里的念头。这从他的《到官归志浩然二绝句》中可以看出些端倪。其中一首有这样的句子:"满船明月从此去,本是江湖寂寞人。"朝廷刚任命他为太和县令,他就发出了归去之叹,这是怎么回事呢?

第二首诗里,黄庭坚接着说:"敛手还他能者作,从来刀笔不如人。"原因就在这里了。他不善刀笔,不谙为吏之道,正好袖手作壁上观,这个县令让那些有吏才的人来干吧!

虽说与苏轼神交已久，但直到九年以后，元祐元年的初春，黄庭坚才在汴京的银台之东拜晤了苏轼。四月，朝廷选拔馆阁之臣，黄庭坚被举荐参加考试，而这次的主考官就是苏轼。考试的结果是黄庭坚等十三人进入馆阁，成为馆阁之臣。黄庭坚向苏轼执弟子礼，后与同时入阁的晁补之、张耒，加上后来的秦观，被人称为"苏门四学士"。

黄庭坚开始向苏轼学习书法，不长时间，笔下就有几分苏轼书法的味道了。

有一阵子，来向黄庭坚索要书法的人一天比一天多起来，来的都是朝中的同僚或京城的巨商大贾。他们知道黄庭坚不收钱帛，就搜罗些好墨好纸送过来。因为这些都是书法所必需的，黄庭坚也不好推辞。

黄庭坚惊奇地发现，苏轼家门前却人迹冷清车马稀。这让他很迷惑。

有一次，一个做木炭生意的商人拿着一刀珍贵的澄心堂纸和两锭承晏墨来求黄庭坚写字，放下东西刚走，苏轼就登门来访。他看见桌上的墨和纸，不高兴地说："这些人都是贱家鸡嗜野鹜的东西！"临走，不客气地把墨和纸都席卷而去。

黄庭坚看着苏轼的背影，忽然笑了。苏轼有个怪脾气，平时也不珍惜自己的书法，高兴了数十纸地送给别人。别人向他求字，他却一个字都不写。

来向黄庭坚求字的这些人，不知道在苏轼那里碰过几鼻子的灰了。

黄庭坚和苏轼友谊的进一步加深，是元祐三年正月至三月的那场进士考试"锁院"期间。这次考试，苏轼依然是主考官，黄庭坚和大画家李公麟属于监考人员。进士考试"锁院"，一锁就是两三个月，吃饭和睡觉都不能回家。

这是一班文人雅士，考试闲暇，他们就在一起喝茶、吟诗、挥毫书画。李公麟画了一匹马，墨还未干，黄庭坚就在上面题了一篇叫《观伯时画马礼部试院作》的长跋。伯时，是李公麟的字。

更多的时候，黄庭坚会陪苏轼在院子里散步，边散步边讨论书法上的一些问题。朝夕相处，他们说话就少了一些顾忌。苏轼是个不拘小节、天性诙谐的人。有一天，苏黄二人又谈起书法来了。苏轼说："鲁直的字近来清劲了许多，但有时笔势太瘦，就像树梢上挂着的蛇一样。"黄庭坚也不客气了，他说："苏公的字，个别的有褊浅之感，打个不好听的比喻，就像石头压扁了的蛤蟆。"

过些天，苏辙来见苏轼，对他说："坊间传言，说鲁直对你不敬，有另立门户之意。"

苏轼听了，只是笑一笑。

元祐四年春，苏轼遭谏官弹劾，他便上书请求外任。朝廷准了，苏轼出任杭州知府。

离京前，苏轼举荐黄庭坚迁升著作郎。他说："黄庭坚道德学识足可当之。"朝廷接受了苏轼的建议。任命的诏书都下了，可御史赵挺之连上三道奏章，说："黄庭坚早年在德州爱作艳诗，恣行淫秽，有辱名教！"朝廷于是取消了对黄庭坚的任命，维持原职。

隔二年，黄庭坚参与撰写的《神宗实录》成书，朝廷为嘉奖编写人员，给他们各迁一官。黄庭坚由著作佐郎升为起居舍人。

这一次，时任尚书右丞的苏辙站出来了，他指使中书舍人韩川驳回了对黄庭坚的任命诏书，理由和赵挺之奏章上所说如出一辙，只是又加上了一点："辱蔑师长，素无士行。"

黄庭坚升迁一事再次作罢。

黄庭坚很是苦闷，想想早在吉州太和时就和苏辙订交，多年来始终对他钦心推许，执礼甚恭，没想到他竟会有此举动！人心之叵测，由此可见一斑。

若干年后，黄庭坚已是鬓发斑白的老人了。他居住的地方，正堂里悬挂着苏轼的画像，每天早起，他穿好衣服，戴好帽子，焚上香，很恭敬地对着苏轼的画像作揖施礼。

时赵肯堂在侧，奇怪地问："山谷先生和坡公声名相若，这么处小处弱，让人不解。"黄庭坚惊慌地站起身，严肃地说："庭坚是坡公的学生，这一点怎么能搞错呢？"

赵肯堂想，时人常把"苏黄"并称，看来不是黄庭坚的本意。

拜 石

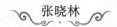
张晓林

米芾到雍丘做县令来了。

刚来的那一个月里,同僚们都觉得这位县令很风趣。譬如有这样一件事。元祐八年五月,雍丘闹了蝗灾,属下向他报告这件事,他笑着说:"我已访察清楚,我县的蝗虫很悯农,只吃麦叶不吃麦实。"

渐渐地,同僚们对米县令就有了一些看法。

这一年,苏轼由扬州赴京城任职,途经雍丘,米芾设宴为他洗尘。

酒宴摆在雍丘县衙。酒是好酒,东京樊楼的眉寿;厨师也是好厨师,是米芾遣手下小吏专程从京城遇仙楼请来的名厨。酒宴上,二人的旁边还各设了一张长桌,桌上摆着笔、墨、纸、砚。

苏、米挽手入席。米芾拍着长桌上的宣纸说:"你我各三百纸,以遣酒兴!"

苏轼微笑颔首。

二人吟诗为酒令饮酒。每饮酒三杯,即离席挥毫一番。米芾特意挑了两个精干的小吏,专事研墨。可是到了后来,酒兴越来越高,作书也越来越快。两个小吏全身的本领都使出来了,还跟不上趟儿!

黄昏,酒尽纸尽。二人各携了对方翰墨,一笑而散。

第二天,米芾的同僚——县丞、主簿、团练、县学教谕、衙役等,纷纷走入内衙,向米芾讨要苏轼书法。米芾装糊涂,闭门谢客。大家吃了闭门羹,心里对米芾窝了一肚子火,背地里说话就少了一些遮拦。

米芾也不计较,只是淡淡地说:"这些个凡夫俗子,怎配有苏公的法帖!"

自米芾给宋徽宗写了《周官篇》条屏后,京城的大小官员都想索要一两幅米芾的墨宝。一些和米芾不相识的官员,就找到了自己熟识的、米芾的某一个同僚头上。米芾的同僚——县丞或教谕等,满脸挂笑地来了。他们想,在一起搁伙计的,求他自己的一幅字总不会是一件太困难的事吧。

他们都想错了。米芾并不轻易动笔。

没有求到字的同僚,觉得丢了很大的面子,托自己办事的京官也会看低自己,说不准,还会影响自己的前程。于是,他们就在心底给米芾深深地记了一笔。

如果仅仅因为这些事情,同僚们也只能忍气吞声了。人家的东西不愿意给你,说到天边,你又能怎么着。可是,有些更离谱的事情陆续发生后,同僚们就握住把柄了。

有一次,御史台御史徐天翔来雍丘视察刑狱。县上的狱吏受宠若惊。

这可是接触上峰的一次好机会呀！按大宋官场惯例，米芾到场作陪。

徐天翔是个砚台爱好者。视察完毕，徐御史提出想看看米芾的藏砚。

米芾瞅着徐天翔邋遢，脸上露出老大的不乐意。狱吏扯扯他的衣襟，他才勉强地点点头。

在米氏砚馆，徐天翔眼都看花了。这时，发生了一件出人意料的事。临出门，徐天翔一扭头，看见桌上有一方新砚，他走过去，把砚拿在手里，来回瞧了个遍。瞧过，他想试一试这方砚台是否发墨。"呸！"他朝砚心吐了一口唾沫，又拿起墨锭，来回磨了几下。

米芾脸白了。

试罢新砚，徐御史笑吟吟地朝米芾拱手，嘴里说："告辞！"

米芾喊住了他："把这方砚台带走！"

徐御史以为米芾以砚台相赠，嘴上客气道："不敢，不敢。"

米芾对书童说："扔到窗外去！"

徐御史这才明白怎么回事，气得嘴角哆嗦大半天，也没能说出一句话。御史回去，病了一场。

类似的事情接连发生几起后，东京的官员没人再愿意来雍丘了，即使路过，也绕道而行。同僚们这才意识到，有米疯子在，他们的仕途算完了。

他们开始合计，瞅机会得把米芾轰出雍丘。

机会来了。米芾喝醉了酒，身穿七品官服，手持朝笏，朝着县衙门口的一块奇丑的石头连拜了三拜，嘴里还说："石兄，我拜你，是因为你一身硬骨呀，观当今世上，人不如石啊！"

这块石头，是三日前友人刚从无为县运来的。很快，同僚们联名参了米芾一本，说米芾癫狂无德行，有辱朝廷体面，不宜再做本地父母。

不久，米芾被罢官。朝中有人曾为米芾开脱，说他喝醉了酒，神志已经模糊，不应在这件事上抓小辫子。

米芾却摇头说："不，我很清醒。"

灯影下的篆书

张晓林

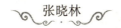

  徐铉的篆书,据说如果放在灯下观看,就会发现每一道笔画的中间,都有一缕铁丝一般的浓墨,绝不偏侧。观他的《千字文篆书残卷》,果然笔笔中锋,绝少偏锋、侧锋用笔。然其结体曲欹,变幻莫测,天趣盎然,却又傲骨铮铮。徐铉的篆书妙参造化之理了。

  徐铉是南唐旧臣,随南唐末代君主李煜一起来到了汴京,被授予一个散骑常侍的闲官。初来汴京的日子,徐铉感到一切都不习惯。眼看冬天快到了,他仍然穿着江南的服装。这种服装袴宽衽深,穿在身上大老远看上去非常儒雅,走起路来给人一种衣带当风的感觉,潇洒极了。但是,这种衣服冬天抵御不住京城寒风的侵袭。

  有同僚劝他:"买件棉衣套进去吧。"

  徐铉仰起他那冻得发乌的额头,很坚决地说:"不!"

  飘雪的日子,徐铉穿着他那宽大的江南服饰,瘦骨嶙峋的双手藏匿在深深的袍袖里,似乎让人感到在嚓嚓作响。他那三缕花白的长须随着雪花飘拂,成为冬天汴京街头独特的风景。

  同僚们看着他的背影,满眼的困惑和茫然,那瘦削细长的身影让他们内心充满忧虑。

来到汴京以后，徐铉的朋友很少，这让他感到孤独。有一天，他南唐时的老朋友谢岳突然到家里来拜访他，令他惊喜异常。落座闲谈时才知道，这个已经七十多岁的老朋友正在卢氏县做主簿。主簿一职虽说是个可怜的小官，但老朋友谢岳已经很满足，不高的俸禄够养活家小的了。

谢岳现在却遇到了麻烦。按实际年龄，谢岳该退休了。可退休后怎么办？拿什么来养家糊口？好在当初申报年龄的时候，他少报了几岁。也就是说，按吏部的档案年龄，他还可以再干上几年，有了这几年，他就有了家底，不至于退休后全家人跟着他挨饿了。

徐铉再三唏嘘，说："愿谢公渡过难关。"

谢岳迟疑一下，说出了自己的忧虑。吏部对我们这些从南边过来的官员一定不放心，肯定会做一些调查。调查也并不可怕，因为很少有人知道我的实际年龄。我最担心的就是老朋友你啊，你最清楚我的底细！

徐铉看着老朋友，忽然有些心酸。不是国破，大家怎么会落到这个境地？他说："我能为老朋友做点什么呢？"

谢岳离开座位，朝徐铉深深地行了个礼，说："一家老小的性命都系在徐常侍身上了。"

徐铉慌忙答礼，说："你我不必如此，有事但凭吩咐。"

谢岳说："也很简单，等吏部找你问起我的年龄时，你只推说不清楚就行了。"

徐铉的脸色凝重起来，说话的口气也变了。他说："我明明知道你的实际年龄，怎么能说谎来欺骗上苍呢？"

谢岳满脸蜡黄，喃喃自语道："看来我是白跑这一趟了。"接着，又哀求徐铉："你真的就不能帮老朋友这一次吗？"

徐铉很无奈，说："我不会撒谎。"

谢岳很绝望地告辞了。

果然，吏部的官员隔日就找到了徐铉，向他了解谢岳年龄一事。徐铉据

实说了。谢岳很快被罢免了卢氏县主簿职务。过了一阵子,卢氏县有官员来京城公干,徐铉向他打听谢岳的近况,那官员叹一声,说:"死了。前些日去山里采摘野果充饥,结果饿死在半道上。"徐铉听了这一消息,在汴京的街头默默站立良久。那个时候,他的头顶有成群的乌鸦飞过。

自来汴京后,徐铉再也没见过南唐后主李煜。夜深人静的时候,他总是怀恋在江南与李煜吟诗作画的日子。

忽然有一天,宋太宗召见了他。宋太宗脸上挂满笑容,拉家常一般问他:"北来后见过李煜吗?"

"没有。"

"应该见见。朕今天下旨让你去见故人。"

走出朝堂,徐铉竟抑制不住内心的狂喜,家也没回,他就直奔李煜府上。李煜怎么也没有想到,昔日旧臣竟会来探望自己,慌忙迎上前来,执住徐铉的手,一时泪流满面,哽咽不能言语。

徐铉也泪眼模糊,面前的风流故主,虽说才四十余岁,但眼角已爬满皱纹,右鬓更是白发点点了。

许久,李煜止住了哽咽,叹道:"悔不当初啊!"

徐铉沉默。

李煜让仆人拿过一页纸来,递给徐铉,说:"这是我新填的《虞美人》,亡国后的感触尽在其中了。"徐铉看过这首词,一丝丝恐惧笼罩住了他。

隔日,宋太宗再次召见徐铉,他面带威严地问:"故人相见都谈了些什么?"徐铉一下愣住了,刹那间他明白了一切,额头豆大的汗珠纷纷滚落。

李煜死了,据说是被一种只有宫廷里才有的毒药毒死的。慢慢地,人们私下传言,李煜的死,徐铉是真正的凶手。

又一年冬天到来了。徐铉被贬邠州已经两年。邠州的雪要比汴京的雪更为砭入骨髓,徐铉依旧穿着江南的服饰。有同僚劝他:"邠州的冬天是要穿皮袄的啊。"徐铉仰起他冻得乌青的脸,依然坚硬地说:"不!"

　　邠州的雪白得刺眼,徐铉走在寂寥的大街上。如今他已经很老了,头发胡须全白了。这一天,有一位玄衣老者朝他打招呼说:"这里太冷了,跟着我走吧。"徐铉叹了口气,说:"是啊,真的太冷了。"说完话,他就跟在玄衣老者的身后,走了。

　　徐铉走进了历史。

轮 回

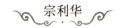

宗利华

丞相李斯走出牢门的那一瞬间,开始琢磨一个词:轮回。

他莫名其妙地想起韩非。许多年前,和今天是同样的情景,但那次他的身后,是饮了鸩的师兄韩非。当时,韩非有气无力说了一句话:"丞相,走好。"

现在,他一回头,脚镣"哗啦"一响,在那个角落,他似乎看到了韩非蜷缩的身影。囚车等在门口,李斯抬头,眼泪簌簌而下。

毒辣的日头下面,密密麻麻排了囚车。那是他的妻子、儿女、亲戚。在那一刻,他突然意识到,这些人活着,原来都是等待为他的权欲陪葬的。

两只老鼠,为他的权欲打下基础。

那是在上蔡,他还是个微不足道的文书。一只鼠,瘦骨嶙峋,生活在茅厕内。李斯牵着黄犬走近它时,它哆嗦不止。而另一只鼠,却活跃在上蔡官方粮仓。它肥硕无比,见人也不惧怕。李斯盯它半天,恍然顿悟,鼠与人同啊!有能力的鼠,注定生活在官家粮仓,而无能之鼠,只好去厕所寻找食粮。

郎中令赵高踱着步,来到囚车前。他怎么肯错过这个羞辱李斯的机会!

"丞相,有什么事要赵高替你办吗?"

李斯忽然笑了。这让赵高很失望。

李斯问："你相信轮回吗？"

"我不信。"赵高回答。实际上，这人的确不信，要是信，许多天后，他也就不会站在大殿上，指着一只梅花鹿，说那是一匹马。

李斯微笑，他看到自己当年的影子。"物忌太盛。"本来，李斯打算把这四个字送给赵高，但那人转身走了。这是他离开齐国去秦国时，荀子送给他的。荀子端详他半天，说出这四个字。

当时，他很不以为意。可现在，他顿悟了。走进秦国，是错误的开始。拼命地接近秦王嬴政，是错误的延续。而错误一旦和欲望对比，就显得渺小无比。随着地位的逐渐显赫，那些错误在他眼里，已不算什么。要说，在毒死师兄韩非的时候，他还心存恻隐之念，那么，到了焚书坑儒，那四百六十个书生的死，则已经不能使他的心稍稍动一下。

走过咸阳街道，两侧围观者人山人海。李斯有些眩晕。刑场很快到了。

李斯被押下来，跪在地上。

次子李玉就跪在他身旁。李玉瞧一眼父亲，淡淡地说了一句话："我真羡慕我哥哥。"他哥哥李由，死在沙场上。

李斯愕然。良久，他的目光穿过重重刀斧丛林，看到家乡上蔡昔日的阳光温馨绽放。上蔡东门外的田野，满目苍翠。那时的他，左牵黄犬，右执弓箭，笑语在净空下飞扬。他突然说："李玉，我多么想和你再牵着黄犬，乘马奔出上蔡东门，在那片荒无人迹的原野上，追赶那些惊恐的野兔啊！"

李玉眼里有亮光瞬时闪过。

赵高肥胖的身躯又过来了。权欲旺盛的人总会犯这样的毛病，他们总会主动去捕捉别人的畏惧心理，来满足自己的成就感。赵高俯下身来，问："李斯，你知道二世赐你什么死法吗？"

李斯微笑，说："怎么死对我来说，有那么重要？"

"那当然。可是，你应该对五刑感受颇深吧？"

李斯哆嗦了一下。所谓五刑，即面上刺字、劓鼻、截双脚、杀头，最后腰斩，砍为肉泥。这正是当年李斯为之骄傲的创意。

半天，李斯咬牙切齿："赵高，你不要得意太早。你我都清楚，二世胡亥是怎么继承帝位的。你的身上，也沾满公子扶苏的鲜血。"

赵高脸上的肌肉绷紧："正因如此，你必须死。"

"你让我去劝谏二世停止修建阿房宫，是不是心存邪念？"

赵高眼睛眯成一条线，说："这还要问？那叫飞蛾投火。"

"那捏造我和由儿背叛朝廷谋反，也是你？"

赵高起初的笑，像是在喉咙里藏一只鸽子，到后来，那鸽子飞翔而出，直奔天边。

"李斯，你官欲太盛，总想出人头地，而且你太聪明。人聪明，未必是什么好事。"赵高站起身，撂下最后一句话，"你知道的，也太多啦。"

李斯长叹一声。他看到赵高伸手抓起桌子上的斩牌，一挥手，那东西就

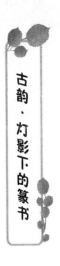

划出一道美妙的弧线,轰的一声落在李斯面前。李斯在那一瞬突然抬起头看天——上蔡东门外原野上的阳光,刺得他眼花缭乱。他看到一个长满茸毛的胳膊,在辉煌灿烂的阳光里悄然挥舞,那柄刀的反光,竟是一线阴森森的青黑……

"丞相,走好。"

这是谁的声音?

英 雄

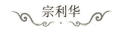

宗利华

　　遇见他的那个早晨，北海湖畔静得有些吓人。

　　我总以湖水为镜，来梳妆打扮。爱美之心人皆有之，匈奴女子也不例外。直起腰来的那一瞬，我感到身上缀满异样。我惊恐地抬头，就见站在数米开外的他，手握一根像鞭子似的东西，头发凌乱披散，目光炯炯有神。我非常狼狈地逃离那个地方，抓着马鬃跑了许久，依然能感受到那种沉甸甸的目光。我不知道，他就是苏武——一个汉人。

那时,他四十二岁,被我们的单于幽禁已近两年。单于笑着说:"北海边上公羊能生出小羊,你就能回去。"

当然,如果他不想放羊,可以投降,和汉人卫律、李陵一样,也会享荣华富贵的。可这个人不肯屈服,他甚至为此拔剑自杀。

许久后的一天,我不知出于什么心态,忐忑不安地走进那人的帐篷。进去的时候,他正在吞咽什么。我静静地站在那里,瞧着他的背影,呼吸慢慢急促。

他突然回头,我们开始新一轮对视。或许千年,或许只是一瞬。帐外的戈壁滩上传来我们匈奴女子的歌声。北海湖面上,有只白鸟,上下飞旋。我闭着眼睛,那人的呼吸喷溅到我的脸上,暖暖的。他说什么呢?一句也听不懂。

一个匈奴女子,和一个汉人男子,开始了一场酣畅淋漓的战争。

一切静止下来,他却莫名其妙地奔出帐外。我整好衣服,走出来。他脸朝南,直直地跪着。我缓缓地转到他面前,蓦地在他脸上发现泪水。我蹲下来,凑过嘴唇,把他的泪水悄然吻干。我说:"让我,陪你战胜孤独。"

他抓住我的胳膊,手指深陷进我的肉里。

我仰着头笑:"你抓痛我啦!"

于是,他松手。

有时候,我们是愉快的。我们慢慢可以用手势或者简单话语交流。有一天,我指着自己的肚子,对他比画,他脸上立刻露出孩子似的笑容,他蹦跳着出了帐篷,快乐地喊着。但,外面很快便没了动静。我走出来,却见他站在那里,神色凝重。我知道,他又想家啦。我还知道,遥远的南方,有另一个女子在遥望北方,整天以泪洗面,等待着他。那,才是他真正的妻子。

我生下第二个孩子的时候,我母亲走完她最后的人生历程。她对我一直提心吊胆。单于为什么没有处死我?或许,他想以我来使这个男人屈服。如果那样,他错了。我跟苏武共同生活了十七年,非常清楚这个男人的性

格。十七年来,那根旌节从来没离开过他的手掌。旌节上面的穗子,早被时间磨得一点儿都不剩了。

他没有一天不想离开这里。

在这期间,唯一一个来看他的人,是李陵。他们见面后,苏武背对他良久。苏武说:"我不愿见你这懦夫!"

李陵哭了。李陵说:"我祖孙二人拼杀疆场,战功赫赫。我率领五千步卒和匈奴十万铁骑相持一月,粮草断绝,这才被俘。可,武帝杀掉我的全家!就连我年迈的老母也不放过!"

苏武就在那一瞬转回头,苏武也哭。两个男人那天喝了很多酒。他们踉踉相扶,走出门。他们将尿哗哗啦啦撒在北海里,接着,同时发出野狼一般的吼声。

李陵走的时候,突然回头端详我:"我能叫你嫂子吗?"

我愣住!我扭头瞧着苏武。苏武也在瞧我。我低头,什么话也没说,脸却热得不行。

李陵笑了。李陵说:"谢谢你。"

一天,李陵兴冲冲地又来了。一看他那高兴劲儿,就知道,我该和苏武分开啦。李陵果然带来好消息。老单于死了,匈奴分裂为三部,势力大大削弱,无法与汉朝抗衡。此时,南方那个汉民族首领叫昭帝。昭帝派人来接苏武。

可李陵再次来,却垂头丧气。李陵说:"单于告诉他们,你已经死了。"

苏武呆若木鸡!

我心里却莫名其妙地兴奋。

我知道这兴奋并不会持续多久。

果然,那天,我站在北海边,看着一队士兵走近我们的帐篷。我浑身哆嗦。那一刻终于还是来啦!我疯狂地奔回家,到门口,突然站住!

五十九岁的苏武手握那光秃秃的旌节颤抖在寒冷的风中。在那一刻我

突然发现他是如此苍老。我们那样默默地注视着,一如十七年前我们初次相见。苏武的目光复杂无比,我知道他心如刀绞。我多么希望他能说出那句话来,我心里有个声音在低声呼喊:求求你带我们一起走!

苏武没说那句话。

苏武从我的面前缓缓地走过去。他步履蹒跚。在那张脸即将从我面前滑过去的时候,猛地转回来。我们四目相对!继而,我们紧紧拥抱。苏武的声音在我耳边更像叹息。苏武说:"我,不能。"我的精神在那一刻完全崩溃!

那队人马走在似血的残阳下,最后在地平线上一跳,空空无物。

我站在帐篷前,呆呆地望着远方。左边,是儿子;右边,是女儿。他们同样站在凛冽的风中,袍裾被风吹得瑟瑟抖动。过了很久,儿子问:"他为什么不带我们一起走?"

我沉默好久,说:"因为,他是汉朝的英雄。"

褒姒

陈 毓

　　一个人太美了会是一宗罪,会被视为不祥。你相信吗?褒姒相信。

　　褒姒出生的时候她的父亲以为是个男孩,急切地去孩子的两腿间检视,旋即失望了。他哼了一声,又哈了一声,顺手把她丢回兽皮褥子上。他离开时一角甲胄硌疼了她的腿,她本想哭一两声抗议并撒娇的,但立即像打消了念头似的噤了声。她睁大眼睛,仿佛想要看清墙上的松石纹和一只羚羊的图案。但是她的父亲,那个英武威仪的族长,走了,又回来了。他俯身向她,仔细打量她的脸,然后说出那句著名的话:"这孩子是个妖精,她美得邪气,这不吉利。"

　　这句话注定了她在这个家族的命运。他离开时鬼使神差地又回了下头,这一回头,他只觉眼前一阵金花四溅,他从瞬间的晕眩里醒悟过来,意识到这异样来自她的笑,她对他的笑。他踉跄着出门,像呼吸一样念叨着一个词:妖精。

　　这一别,他们再也没有见过。后来等她长大,他却战死了。陪他死去的还有家族的许多其他男人。活着的人像遍地燃起的滚滚烟火,这里一堆,那里一堆。后来他们被串在一根绳子上,成了俘虏。褒姒也是其中的一个。她串在黑漆漆的他们之中,却像暗夜里升起的月亮一样光明。那个王发现

了她。他喜欢她的美。喜欢是什么呢？喜欢就像把水从河里取回，装进罐子，放在火焰上，然后听水发出吱吱的喊声吧。褒姒这样联想。但她不喜欢那喊声，觉得跟圈养的虿被杀死前发出的声音相似。现在，她穿着华贵的环佩叮当的衣裳，她习惯裸着的双脚包在软底的白皮靴子里，她的衣服和鞋子阻挡她到旷野里去。她不再看得见星星，她睡在鲜花环绕的高榻上，在整夜不熄的灯烛的光明中，去亲近那个给她温暖的男人。

但是这个美丽的女人似乎并不开心，王发现了这点。

"你为什么不笑呢？你为什么从来不肯对我笑呢？你有什么不称心的？王有这么多的女人，但王夜夜只跟你在一起，王给你锦衣玉食，给你最好的屋子最好的床榻，给你王的身体，你还要什么？只要王有的，王都给你！"他看着她那张他怎么看也看不够的脸，决然地说。

她看着他，有点茫然地看着他，摇头。她的眼睛像是两汪无限诱惑的深井，让他有跳进去的冲动。他当然要昂然地跳进去。

偶然地，他带她去看烽火台。春天的烽火台，野花和春草四处伸展，大地像一块锦绣毯子。天那么蓝、那么高。王看着山下坚固的宫殿绵延的城池，得意扬扬。他向他的妃、他的臣民演讲他的雄心、他的壮志。她像每一

次那样安静倾听，不打断，不呼应。但他住了嘴，痴痴地看她，他看见他期盼了那么久，以为已经无望、却终于见到的绚烂出现在褒姒脸上。这让她的脸生动如一块稀世的宝石，光华灿烂，夺人心魄。他惊喜地顺着她的目光，探寻唤醒欢颜的巨大力量，他看见她的所见：一匹白马正从地心驰过，向着无限草色，向着天尽头，飘然而去。白马四蹄尘花，万草为之摇曳。

现在，朝中的所有大臣都知晓王的心思，那就是想要爱妃的脸上重现宝石开花一般的笑容。虢石父来了，他给伟大的王出了个了不得的主意，要在骊山上把烽火点起来。想想看，烽火点燃了，众诸侯仗剑荷戟，急急从八方赶来，那气势岂是那匹奔跑的白马能够比及的？郑伯友也站出来了，他劝谏周幽王，燃烽火博美人笑的实验万万做不得，想那烽火台是为了战时救急用的。这样嬉闹的结果肯定会失信于诸侯，为日后埋下隐患。王看着两个大臣你一言我一语，如看着两只公鸡斗。他常常看见这两只公鸡斗，早就有点腻了。他先是笑着听他们争，继而板着脸听，却听出了心思：当年跟诸侯相约有战事以烽火为号的约定还没有机会一试呢，他倒要看看他在这些诸侯心中的位置，试一试他们的忠诚度。谁说不高明呢？

烽火点燃了。狼烟滚滚。风把消息带到远方。王率领臣子妃子在高台上观望。王感受到为王的威仪。王看见他分封的诸侯战马长枪、银甲鲜亮地到来，仿佛是他隐秘的虎威从天而降，拱地而来。王豪壮地大笑，呼应王的笑的，是褒姒脸上噼啪的花开声。王大为满意。王太满意了。

王要将这军事演练进行下去。

这样的军事演练进行到第 N 次的时候，王没有看见他的后备军从八方潮般涌来，但是这一次，敌人来了。敌人如洪水，势不可当。逃跑时王依然没有忘记他的妃，他要带她飞到没有敌人的地方去，但他们没有翅膀。王被流矢所中，他以手捂胸，感到疼痛的来处。他挣扎着找他的妃，她脸上如宝石开花的绚烂笑容晃花了他的眼，让他片刻忘记了他的疼痛。

长安花

陈　毓

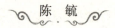

　　至德二年秋天,回到长安的玄宗看上去已全然是一个老人了,他比那些闲坐言他旧事的宫女还要寂寞,他经常陷入很深的思绪里,听凭梧桐和三角枫的叶子在他身前身后簌簌地落,只有匆匆走来的小宫女的脚步声才偶尔惊醒他。那时他会慌张收起掌心的一个小物件,他脸上被打扰后的表情是一片不知今夕何夕的空茫。

　　他老了,不再是那个气宇轩昂,善骑射、通音律,有卓越政治才干的皇帝。也不见那个深情、至情、智慧卓著的男人的形迹,他现在只是一个阴郁、衰老的男人。他是孤家寡人,他是落魄的太上皇。

　　他怕冷,怕太阴暗,他抱怨宫灯不够亮,又担心过于明亮了“环儿不敢来”。可是,那些金子一样的秋天,真的随那个明珠一般的女人的离去,永远地褪去了它金子的颜色了吗?

　　她十六岁那年邂逅英俊的皇子寿王瑁,懵懂中就成了别人妒羡的寿王妃。四

年的王妃生活,似乎只是上天着力要将她从蒙昧少女训练成丰美少妇。

缘于公主府上一次偶然的晚宴,她成了皇上眼中的明珠。

她跳胡旋舞,那是她最爱的舞蹈,她说那是可以在任何一个地方跳的舞蹈,可以在宫里、可以在树下、可以在旷野、可以在月亮和太阳上跳,也可以在男人的掌心上跳……

这一次,她的舞蹈在坐在那里观望的男人心里投下一块巨石,他被她的舞蹈深深吸引,他走下座席,亲自为她敲击羯鼓伴舞。他兴致勃勃,浑身上下每一寸关节都充满激情,真是"头如青山峰,手如白雨点"。就这样,皇上和王子妃你呼我应,琴瑟相和,演绎了一场盛大的音乐剧。那场演出调动了在场的所有人,那是大唐皇室一场旷古的盛宴,直到音乐和舞蹈戛然而止,所有的人都觉得自己的身体刚刚经历了一场酣畅淋漓之后从未有过的慵懒的幸福和疲倦。

她在皇上的安排下出家为尼,她也黯然。毕竟瑁对她是真心爱恋。可另一个男人的出现恰如一面镜子,照出这个朝夕相伴的男人在她心中的样子,他疼她、宠她,可她只觉得他像兄长一般好。而这个男人却叫她眩惑,好奇。就像她和他能演绎出跟任何人都无法演绎的乐音,他叫她内心深处生出光焰,她还看见光焰来处的那个地方,那是以往从未有人能够抵达的一块空地,现在那里一片澄明,只期待它的主人君临其上。

她像蓓蕾一样瞬间绽放,绽放成大唐帝国的长安花。

皇室的事是复杂的,但对一个内心由衷地没有兴趣、不想闻也不想问的女人来说,复杂即简单。她对政治权术不感兴趣、不以为然,她说,我有这么多好东西了,再要什么呢?不要了,再多了没处放。她说爱,她觉得每一个日子都是新的,她才不会担心自己的嘴会把爱说旧了呢。月朗星稀之夜,她遥望天河两边的牵牛织女星,问皇上皇宫里的女人和民间的女人谁更幸福,她自问自答,说像环儿和三郎就是不做皇上和娘娘也是好的。她说,她做农妇,也要在庄稼地里给皇上跳舞。而三郎,就坐在田埂上吹竹笛吧。她在自

己想象出的情景里开心。谁都看得出来,那个心气高远的皇上发自内心地爱她,宠她,尊她。皇上感慨说:"尔等爱水中鸳鸯,怎比得了我这帐底鸳鸯?"皇上还说:"尔等说说,是牡丹好,还是我身边这朵解语花好?"他时而说桃花别在妃子鬓边这桃花就是"助娇花",低头看妃子,又疑惑到底是花使人娇,还是人使花好。他言语风趣,笑声爽朗。

那时的皇宫生活像是乐队演奏到了高潮时分,停也停不住,只能继续欢乐。那是她记忆中最美好的年华,生机勃勃,辉煌眩目,温暖安详。娱乐,游戏,创造。只有音乐,打通人间和天堂的界限。

有一次,皇上倡议用宫中常见的乐器配合西域传来的众多乐器开一场演奏会。皇上兴致勃勃,再次打羯鼓,他一直说羯鼓是"八音之领袖"。环儿弹奏琵琶,且歌且舞。皇上放下羯鼓,提笔写道:"端冕中天,垂衣南面。山河一统皇唐,层霄雨露回春,深宫草木齐芳。升平早奏,韶华好付乐何妨?愿此身终老温柔,白云不羡仙乡。"

又是一个细雨霏霏、梧桐叶落的深秋,玄宗从午后的睡梦中醒来,听见窗外两个宫女议论李白死去的消息,玄宗问,就是当年为妃子填《清平调词》的李白? 他也去了?

云想衣裳花想容,春风拂槛露华浓。

若非群玉山头见,会向瑶台月下逢。

一滴眼泪从他的腮边慢慢地往下坠。

名花倾国两相欢,长得君王带笑看。

解释春风无限恨,沉香亭北倚阑干。

他竟然笑了。那是怎样明亮的久已难觅的笑容啊。

他说他想要沐浴。等宫女伺候他洗浴了,他说想要抹一点儿瑞脑香。抹了香他再说:"我睡了,你们不要惊醒我。"

他睡下了,再也没有醒来。

谁杀我

蔡 楠

扁鹊终于来到了秦国。

来到秦国的当天,他就被太医令李醯请进了咸阳宫。

李醯是奉命请扁鹊给秦武王治病的。正值盛年的秦武王本来要出征韩国的,可突然面部长了一个肿瘤。太医令李醯久治不愈,武王大为恼火。李醯情急之下,连忙修书一封,火速派人邀来了在齐国行医的扁鹊。

扁鹊进宫,看见了那颗长在武王耳前目下的肿瘤。他说:"无妨,很简单,我用针砭之术即可除掉。"

秦王不语,群臣大哗。

李醯趋前一躬,对扁鹊和秦王说:"此疾长在近眼之处,万一手术不成,大王就可能耳不聪目不明了。"

扁鹊摇摇头,收拾了药石器械,转身欲走。秦武王急忙起身,一把拉住了扁鹊:"先生莫走,寡人同意手术!"

手术很顺利。不久秦武王病愈。

病愈的秦武王再一次把扁鹊召进了咸

阳宫。武王说:"先生,寡人想让你留在秦国,寡人的大业需要你啊!"

扁鹊手将长髯朗声一笑:"大王,民间的百姓更需要我,我是属于天下人的。再说,李醯的医术足可以帮你平定天下。"

扁鹊准备带着弟子子仪、佚妹夫妇离开秦国。临行那天,太医令李醯置酒为扁鹊师徒钱行。李醯连敬扁鹊三碗秦国老酒,然后扑通一声跪倒,说:"一路走好啊!"

李醯派人护送扁鹊师徒出了咸阳城。

转眼已是秋天。扁鹊行医来到了崤山脚下。过了崤山就是魏国,扁鹊想:"治好魏文王的病,我就该回白洋淀老家了。我已经出来得太久了。"

师徒三人正要过山,却见山脚下茅草房里走出一个满脸皱褶的老妪。老妪颤巍巍地说:"先生,我家老汉病了!"

扁鹊停住了上山的脚步。他让子仪夫妇先过山,自己急忙随老妪走进了黑黢黢的茅草房。那生病的老汉头发蓬乱,脸色蜡黄,披着破被坐在床沿。扁鹊伸出右手正要给病人把脉,冷不丁反被病人扣住了脉门,同时,一柄尖刀抵住了他的心窝。

"终于等到你了,扁鹊先生!"病老汉甩掉破被,拽下假发和脸上的伪装,冷冷地说。

"你是刺客?"扁鹊平静地问。

"是的。"刺客爽快地答。

"我和你往日无怨,近日无仇,你为何要杀我?"扁鹊那双能透视病情的眼睛针一样扎过去。

刺客的眼睛就痉挛了一下,说:"我……我杀你不为冤仇。"

"那就是秦武王派你来杀我的——我没有答应侍奉他,他一定恼恨于我了。"扁鹊抽了抽手,抽不动,反被刺客往怀里拉了一下,锐利的刀尖刺破了扁鹊的衣服。

"不是武王。武王想杀你,你出不了咸阳宫。"

"这就怪了,想我扁鹊乃一介布衣,凭医术周游列国,普救苍生,既不争权夺势,也不恃宠篡位,谁要杀我?"

刺客说:"是你自己!想先生精通望闻问切,针石如神,名冠诸侯。别人所不能而先生能,先生以为这是好事还是祸事?"

一阵秋风刮进了草房,几片树叶扫在了扁鹊的脸上。扁鹊禁不住咳嗽了一声,刺客的刀子就扎进了扁鹊的肉里。扁鹊道:"如此说来,是李醯派你来的?"

刺客点头,手下加了点力道,说:"先生,李醯是怕你夺了他的太医令啊!"

扁鹊又咳嗽了两声,刺客的刀子就刺进了扁鹊的心窝。神医的鲜血顺着淬毒的刀子涌了出来。

"你知道我和李醯有什么渊源吗?"扁鹊忍着疼痛,望着刺客,眼神分明黯淡下来。

"天下人都知道你们是师兄弟,年轻时一起师从长桑君的!"

"可你和天下人都不知道另一层秘密。我和李醯是同母异父的兄弟!他杀了我,秦武王不会饶他,天下人不会饶他,家乡人不会饶他,历史也不会饶他,这等于是他杀……了……自……己啊!"

刺客一惊,欲抽回刀子。可晚了,扁鹊已经扑倒在床沿上。

草房外,响起了急促的脚步声,是子仪、佚妹带人下山来了。

秋风台

蔡　楠

　　人们都叫我徐夫人——一个很女性的名字。但我是把匕首，是天底下最锋利最具毒性的匕首。

　　我是徐夫人铸造的。徐夫人也不是女性，他是个顶天立地的壮士。可惜他已经死了。他是闻名战国的铸造师。铸造师是不应该参与政治的。所以徐夫人造出我来，就跳进了铸造炉里。在他熔化的短暂过程中，他的灵魂就移植到了我的身上，我也就成了新的徐夫人。

我被燕太子丹从赵国带到了燕国,交给了荆轲。我知道荆轲是另一个壮士。但我来到燕国,看到的却是另一个荆轲。他那时候已经被太子丹拜为上卿,整天住豪华公馆,食美味佳肴,赏珍奇玩物,阅天下美色。这真让我有些怀疑他壮士的身份。我甚至认为他是一个蹭吃蹭喝的高级食客了。

但太子丹好像很有耐心,整个夏天,他就陪着荆轲,纵容着荆轲。那天,在白洋淀畔的易水河边,划船累了,荆轲把我放在了一株柳树下,然后跷起长腿,枕着一把蒲草就呼呼睡去。太子丹守在他的身旁。雨后的蛙鸣潮水一样袭来,搅了荆轲的好梦。荆轲拾起瓦片向河里投去。蛙声还在继续。荆轲恼怒地起身寻找瓦片,没有找到。一抬头,太子丹捧来了一堆金瓦。他毫不犹豫地把金瓦全部掷进了河里。那蛙声立即止住了。荆轲拍拍手,又兀自睡去!

游玩结束,离开易水河,他们骑着千里马返回蓟城。

行到半路,荆轲对太子丹说:"前面有个饭店,吃点东西再走吧,我肚子有些饿了。"

丹说:"荆上卿想吃什么呢?"

荆轲下得马来,伸伸懒腰,说:"这乡村小店,随便吃点吧,看看有没有新鲜的马肝,那玩意儿很下酒呢!"

果真有马肝,果真那马肝味道很鲜美。荆轲就多吃了一些,多喝了一些。我在荆轲的腰间随着他的身子不停地晃动,连我都被晃醉了。等我和荆轲晃到饭店门口的时候,一辆马车早已等在了那里。

荆轲说:"不坐车,我骑马,把那匹千里马牵来!"

丹说:"千里马已经埋了,它的肝现在就在你肚子里!"

荆轲没说什么,依然摇晃着坐上了马车。

回到蓟城,太子丹又设宴华阳台。还把荆轲的市井朋友高渐离请了来。酒至酣处,高渐离击筑而歌。

荆轲拦住了高渐离,说:"我整天听你的筑声,早就烦了,你歇会儿! 太

子,来点新鲜的怎么样?"

很快,太子就把虞美人叫来了。虞美人献上了一首易水谣。荆轲听着曲子,眼睛盯住了虞美人那双细腻灵巧的手,那手十指尖尖,毫无瑕疵,熠熠生辉。

他不禁赞出声来:"好——"

丹就笑着说:"虞美人,你以后就专门为荆上卿弹奏吧!"

荆轲摆摆手,涨红了脸,说:"不不不,太子,我哪能夺人所爱呢?我是说虞美人的那双手好,真是太好了,没有这双手,绝对不会有这样动听的音乐!"

宴会结束了。荆轲带着我返回公馆。茶桌上,太子早命人准备好了茶点。荆轲揭去了茶点上面的玉巾。令荆轲意想不到的是,一双手鲜活整齐地露了出来。我认识,那是虞美人的手。

玉巾就在荆轲的手里慢慢地飘落在地,那玉巾我想还会飘落千百年。就在玉巾飘落的时候,我看见荆轲的嘴角抽动了几下。似乎有话要说,但没说出来。可我已经读懂了他的嘴角,他是想说,是时候了……

夏尽秋来,真的是时候了。太子丹已经沉不住气了。秦军大将王翦已经攻破赵国,屯兵白洋淀边。大兵即将压过燕境。樊於期的头颅拿到了,燕地督亢地图准备好了,助手秦舞阳报到了。我也已经被浸了剧毒。为了验证毒效,丹还拿囚犯做了实验。他用我划破了囚犯的皮肤。那个倒霉鬼只留出了一丝血,就无声无息地去了他早晚要去的地方。

现在,我就躺在那个黑色的匣子里。包裹着我的是那张燕地督亢地图。在另一个红色的匣子里,放着的是樊於期的人头。我在匣子里亢奋跳跃。我把匣子弄得啪啪作响。

我知道,丹已经把荆轲送到了易水河畔的秋风台。秋风激荡,天空昏暗,前途漫漫。荆轲慢慢地走上了秋风台。他望望卫国的方向,那里是他的家乡。他望望燕国的方向,那里是他客居的地方,是太子丹收留了他,给了他做大英雄的机会。他又望望脚下的易水河，他看见了他投掷在河里的金瓦……蓦然间，他一抖征袍，一伸脖颈，发出了前所未有的呐喊："风萧萧兮易水寒，壮士一去兮不复还……"

秋风台下的好友高渐离流着眼泪拼命地击筑和之，穿着白色衣帽的太子丹和送行的人群哗啦跪成了一片。

荆轲歌罢，抱起两个匣子，看也没看秦舞阳一眼，就上了车子。车子向西绝尘而去。我在兴奋的颠簸之中，却听到了荆轲的喃喃自语："太子，你太心急了，我在等一个人，那个人还没到啊！"

我们到了咸阳，去刺杀秦王嬴政。但我们没有成功。秦舞阳退了。荆轲死了。他先是被秦王刺中左腿，然后就被肢解成了八段。其实荆轲满可以刺杀秦王的，但他只是割下了秦王的半截衣袖。其实我也是满可以刺杀秦王的，因为我有徐夫人的魂灵。但我只是脱离荆轲之手穿过秦王的耳畔，深深地扎在了那个铜柱子上。

来到了秦国，我才明白秦王是刺杀不得的。荆轲为了报答太子丹，不得不走这一遭。而我，为了成就荆轲，不至于让他成为千古罪人，我只能成为千古罪刃！

就在我扎进铜柱的那一瞬间，我恍惚听到了易水河哗哗的水声和秋风台飒飒的风声，我终于明白，荆轲等待的那个人，其实是太子丹——另一个太子丹，能够让燕国强盛于秦的太子丹。

同 学

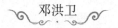
邓洪卫

　　许攸跟曹操是老同学。两人打小儿趴在一张课桌上念书，有什么好吃的分着吃，有什么好玩的一起玩，关系很铁。许攸喜欢叫曹操"阿瞒"，"阿瞒"是曹操的小名。两人还经常在一起谈论志向。

　　许攸说："我想做一名太守，治理好一个州郡。"

　　曹操说："我想做一名宰相，治理一个国家。"

　　曹操便戏称许攸为太守，曹操还让许攸叫他宰相，但许攸还是叫他阿瞒。

　　曹操说："你怎么不叫我宰相呢？"

　　许攸很为难地说："我叫你阿瞒已经叫顺嘴了，一时改不了口。"

　　曹操笑笑说，那你还叫我阿瞒吧。

　　多年以后，曹操果然做了宰相。许攸呢？在曹操手下做谋士。跟小时候一样，许攸还是称曹操为阿瞒。不光私下里这么叫，在许多公共场合也这么叫。

有一次，曹操为一件棘手的事情闹得焦头烂额，在相府开一个高级政治会议，参加会议的都是曹操手下的重要官员，气氛十分严肃。

这时，许攸走到曹操跟前，拍着曹操的胳膊说："阿瞒，你怎么这么笨呢，简直是一头猪，你只需如此这般去做，准能解决问题。"

一屋子的人都愣住了，很多人都面露不平之色。而曹操却哈哈大笑，没有丝毫不高兴。

谋士程昱来见曹操。程昱说："我听说，一个人的小名，只有在他未成年的时候才能使用，而这小名应该由他的父母长辈来称呼。许攸不过是您的一个同学，却多次在大庭广众之下叫您的小名，无异于羞辱丞相。您为什么不怪罪他呢？"

曹操说："许攸不仅是我的同窗好友，而且是我的救命恩人。小时候，我特别顽皮。有一次，我爬到树上去摘桑葚吃，一不小心，跌到树下的污水塘里，是许攸把我从塘里拉出来，救了我一条命。许攸对我有救命之恩，怎么能因为他叫我小名，就治罪于他呢？"

程昱说："自三皇五帝，礼仪一直传到今天。您作为一国的宰相，一人之下，万人之上，有着神圣不可侵犯的威严。许攸虽然跟您交谊深厚，但他依然只是您的一个下属而已，下属理所当然要尊重上级，而不能因为救过您的命就可以随意冒犯您的威严。请丞相尽快制止他这种行为。"

曹操说："一年有四个季节，四季有不同的特点。每个人因为自己的生长环境不同而形成不同的习惯。许攸叫我的小名，只不过是他的一个习惯而已，这丝毫不影响他给我带来有益的一面。我记得当年我与袁绍战于官渡，两军相持不下，当时，我的粮草只够维持三天，是许攸从袁绍那边来投奔我，给我出谋划策，才使我一鼓作气打败袁绍，统一了北方。如果当初没有许攸，我早已被袁绍所灭，就不会有我今天宰相的职位，更谈不上宰相的尊严。与许攸的功劳相比，他叫我的小名是多么不足一论呀！"

程昱不再说什么，只好退出去。许褚、张辽等一些武将也多次来找曹操，都被曹操一一劝退。

这一年，许都大旱，粮食歉收。曹操问许攸该怎么办。

许攸说："一方面，老百姓没有粮食吃，另一方面，达官显贵的家里却用成堆的粮食酿酒，造成许多粮食浪费。当务之急，是制止这种情况的发生。"

曹操立刻传令，全城从即日起禁酒，违法背令者斩。曹操还让许褚、张辽等武将领兵昼夜巡城，如遇饮酒之人，就地正法。

晚上，曹操悄悄把许攸请进相府，说："别人不准饮酒，老同学例外，今日咱俩好好叙叙旧，一醉方休。"

许攸点头，说："好，好，阿瞒，你想得真周到呀。"

许攸摇摇晃晃离开相府，已是深夜。天空中一轮明月虚悬，许都城的街道清清白白。微风拂面，许攸伸伸胳膊，感到通体舒泰。

忽地，马蹄声疾。大将许褚奉丞相之命巡夜。许褚令军校将饮酒之人拿下。

许攸说："我跟阿瞒饮酒，何罪之有？"

许褚手中长枪一抖，许攸像秋天的树叶，飘落在地上。

许攸的葬礼在一天清晨举行。全城的百姓都聚拢来争看这位丞相的老同学、绝顶聪明的许攸先生。响器班在哀伤地吹打，城中最好的歌手在动情地唱着挽歌。曹丞相哭得最悲伤，几欲昏厥过去。旁边的侍从看他的嘴在不停嚅动着，终于听清他一遍遍念叨的是："今后谁还叫我阿瞒呀！"

曹操被侍从强行拉出灵堂，文武也跟了出来。最后走的是行军主簿杨修。

杨修拍了拍许攸的棺木，叹道："你是最聪明的人，也是最愚蠢的人。"

杨修还说："丞相的话，你怎么能当真呢？"

杨修说着，背着手，摇头晃脑地走了出来。

绝　影

邓洪卫

　　我是绝影,乃大宛名马,属汗血宝马之极品。何为汗血?跑起来,颈部上方流的汗像鲜血一样鲜艳。何为绝影?跑得快,快得连影子都赶不上。我体形优美,相貌出众,为马中之帅哥。西凉国将我进贡给汉廷,其时相国董卓专权,使者便将我送到相府。我远观董卓,以为他是英雄,近瞧,却总是嗅到其身上有污浊之气。自知未遇明主,身心很是不爽,由此头昏脑涨,无精打采。

这一日，相府中来了一位英雄。此人姓曹名操字孟德，特来府中献刀。献刀是假，行刺是真。

董卓却浑然不知，问曹操因何来迟。

曹操说："我的马老弱，跑不动了。"

董卓回头对吕布说："西凉进贡好马，可去挑一骑给孟德。"

吕布是怀有私心的，他和曹操素有不睦，不想挑好马，将昏昏欲睡的我牵出来。我透着门缝看到了董卓面内而卧，而曹公正暗中抽刀，心中大惊。想到曹公虽能刺死董卓，却不能逃过吕布手腕，便仰天长嘶。这是我到中原的第一声长嘶。曹公听到马嘶，立即跪倒在地，假戏真做，献上七星宝刀，瞒哄过董卓。

曹公不敢久留，告辞出府。本要回家，我却驮着他径直飞出东门。刚出东门不久，吕布纵赤兔马追赶过来。人道是"人中吕布，马中赤兔"。

曹公以为今日必死矣。再回头看时，却不见吕布与赤兔，曹公不停地抚着我额，惊道："脚力胜过赤兔，真乃天马也。"

自来是"红粉赠佳人，骏马识英雄"，我仰天长嘶。曹公虽博学，却不识马语，茫然不知我是何意。我是在欢呼雀跃：绝影幸得明主矣！从此跟随曹公，征讨四方，纵横天下。

奔逃途中，过中牟县，却遇一险。曹公被衙役识破，捕至县衙。县令陈宫见到曹操，与我的心情一样，精神为之一振，自觉遇到明主，欲弃官随曹公一起逃走，起兵讨董。曹公自是高兴。

行了三日，到了成皋地方，曹公到其父故友吕伯奢处觅宿，因错听了奴仆的话，误杀了吕氏全家，仓皇出逃，并对陈宫说了一句著名的话："宁教我负天下人，休教天下人负我。"

曹公的言行惹恼了陈宫，觉得曹公跟董卓乃一条道中人。在旅店投宿时，曹公酣睡，陈宫在院中踱步，忽转身，决心要回屋刺杀曹公。我打了一个响鼻，止住了他。我对曹公是理解的，虽然言行有些极端，但不影响他成就霸业。毕竟他是心怀天下的英雄，怎能用常人的眼光去看待，争一朝一夕之得失？我衔住陈宫的衣巾，使劲摇头。陈宫乃绝顶聪慧之人，明白我的意思，于是独自一人，黯然而去。

多年后，曹公在白门楼又见到陈宫。此人误辅吕布，兵败被俘。曹公很想感化他，可陈宫一心向死。曹公无奈，只得将其问斩。如果当初陈宫能理解曹公的误杀，跟随曹公征战，就不会错保吕布，也就不会被曹公所杀。人生有很多偶然，一个偶然可能会改变一生的方向。当然，这些都是后话。那时候，我已在宛城之战中阵亡。

好了，现在，该说说那场惨烈的宛城之战了。曹公征讨张绣，兵不血刃，进了宛城。也就是说，张绣已献城投降了曹公。曹公很高兴，对张绣大为赞赏。张绣也很感激曹公，表示再无反心。本来相安无事，皆大欢喜。可曹公高兴得过了头，有点晕乎。夜晚孤独，他想找个女人消遣。这也无可厚非。曹公旷世英雄，英雄爱美女。如果他的侄子曹安民找来别的女人也没什么，问题是竟然找来张绣的婶婶邹氏。而且，邹氏很爱慕曹公。最大的问题是，世上没有不透风的墙，此事被张绣得知。张绣大怒，连夜起兵，攻进了曹营。

彼时，曹公正在营中与邹氏饮酒作乐，全然不知祸事来临。我已嗅到战争的气味，在帐外暴躁不安，可曹公却沉浸于欢乐之中，哪里顾得上我？张绣的兵马四面围住大帐，曹安民才跑进来报信，把曹公扶上马。

我抬起四蹄，一连踢倒数名敌军，突围狂奔。而曹安民还没来得及上马，就被张绣一枪挑死了。张绣的人马在我后面死命追赶，边追边射箭。我连中三箭。要是别的马就趴下了，可我是宝马，熬得住痛，耐力好，速度依然不减。可就在这时，从左边射来一箭，正中我的眼睛。那真是痛啊，我险些就倒下了。可我稳住精神，仍奋蹄疾驰。那时，我的身上汗血和鲜血一齐流淌，洇红了曹公的衣襟。直至将曹公驮到水河对岸安全地带，我再也无力跑下去，怆然倒地。一时间，水河岸汗血满地。

待张绣赶到，曹公已换马逃遁多时。张绣叹道："真乃神马！马尚如此，

何况人乎?"以为曹公有天神相助,不再追赶。并将曹昂、曹安民、典韦和我都安葬在水河边,且立上碑。我的碑上刻着:天马绝影之墓。

又一年,曹公率军再讨张绣。到了水河边,在四座墓前一一拜祭。先祭典韦,后祭曹昂,再祭曹安民。到我这里,曹公道:"若无绝影,我命休矣。"

我在里面有了感应,一声长嘶,声震天地。

曹公对身边的人说:"你们听到绝影在呼唤我吗?"

身边的人都摇头。

曹公说:"绝影言道,假如还有来生,愿再与我纵横驰骋,成就霸业。"

话音刚落,坟头上有汗血渗出,洇红了沙丘。

曹公放声大哭。三军怆然。

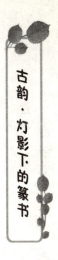

最后一次封神

陈 敏

太公望独坐于潘溪石上，仁望着汩汩东去的溪水，捋了一把雪白的胡须，自言自语地说："信也夫，逝者如斯矣，不舍昼夜。"

太公望抱起瑶琴，抚在怀中。他朝膝下的潭水缓缓地洒落一杯美酒，说道："就让流水捎去我的奠念，就让清风送去我的心语吧，姐妃，我知道你不能安息。"

太公望抬眼望天，见天高云垂，气象森严，他便用手中的琴弦和着流水的节奏，弹奏出低沉如泣的琴声。

就像风浪之于岸边嵯峨的岩石，就像烈火之于身后那茂密的树林，秩序的法则在无情地摧毁着一切。

姐妃，你我只是这秩序法则世界里的两枚小小的棋子。世上的一切都是劫数，万事无缘可言。可叹的是，你竟为那个暴君玉殒香销，血染尘埃，而且还背负了一个万古不复的骂名，成为历朝历代王者禁忌的祸水之源。

当初，依照上天旨意，你我各负特殊使命投身凡尘，我们是刺向罪恶的商王朝的一对雌雄利剑。你终不辱使命，果然从商王朝内部挖空了它赖以支撑的根基；我则从外围率领千军，捣毁它外强中干的躯体。我们里应外合，天衣无缝，终于成就了周王朝的八百年基业。若论功行赏，你以柔弱之

躯，潜入虎狼腹地，在颠覆商纣王朝的伟业中立下了千军万马不可企及的功勋，实际上，你才真正是周朝的第一大功臣。可我奉天上之命，封神无数，无论官位尊卑，有功必赏，可惜的是，谱系之中竟然没有你的名号。实不相瞒，就连我的那位五官不正、四体不勤的马氏夫人也都榜上有名，受封为厕所之神，世世代代享受人世间的一柱烟火；而你，一代名媛之首的花魁仙女，竟在武王的三尺剑下身首异处，岂不是千古奇冤！

流水呜咽，山猿哀号而落叶萧疏。太公望的琴弦怆然乍起，如秋雨临江。

妲妃！你是否能听得见老夫的心声？

如果你当初没有修养得那么娇、那么柔、那么媚，纵使天皇娘娘慧目所极，也定然不会遴选到你的头上。而纣王，即使再淫荡，见了你，也不会仿佛是沙漠里即将渴死的人发现了甘泉一样，疯狂地匍匐前去。想当年，你袅袅婷婷地从满朝文武面前走过，步态虽柔软无声，但却像天雷一般震击着每个人的心灵。且不说别人，就连站在丹墀之下形如槁木、心如死灰的我，一时也禁不住血管膨胀，心跳加速。

万物有度。纣王乃男人之极，男人之极因过分勇毅而暴虐，因太过风雅浪漫而淫靡；而你是女人之极，女人之极因娇柔婉丽而狐媚，因猎奇使气而刁蛮。纣王与你，正是前世的一段至极的冤孽，今生相遇，如烈火干柴，一发而不可收拾。

这个世界上的男女之所以能存活下来，全凭一个"情"字！人生天地之间，谁能逃脱情的困扰？记得有一次，女娲娘娘为了验证天底下的人是否能逃情，她把一个因情殇而一病不起的男子救上天国。她教他修炼，帮他成仙，他终于学业有成。一天，女娲派他去完成一项任务，男子愉快地奉命前往。在驾云路过一条大河时，他看见一个浣纱女子光彩照人地屹立于河边，她的颈、她的手、她的足在太阳的照耀下一片耀眼的白！男人顿觉目眩神驰，凡念顿生，飘忽间，竟一头从白云间扎入河中。一切苦练都朴不灭情欲之火啊！

太公望一声叹息。

普通人尚且如此，何况权倾天下、威震八方的帝王！当一个人拥有世间的一切而又心知不能永生的时候，一种骨子里与生俱来的"及时行乐"的欲念就会油然而生。越是坚不可摧的灵魂就越是难于抵挡旷世丽人的惊鸿一瞥。而你却是这般美、这般娇媚，在你蚀骨销魂的仪态面前，没有人不乱方寸。你知道吗，就在纣王自焚鹿台之后，我看见士兵把你搜寻出来，你步态从容地走向武王。我看见武王望你时如痴如醉的目光，还有，我忘不了他那只本来强有力的、却抖得像风中的树叶一样握剑的手。

后来，你死了。你不是死于所谓的"助纣为虐"的罪过，而是死于武王对自己欲望的恐惧。没有几年，武王也死了，他死于对你的愧疚和思念。

太公望嘘了一声。他又将一杯酒倒入潭中。

美是一种至高无上的精神慰藉，没想到却经常被人用作灭亡天下的利器。而且它屡试不爽，所向披靡。在你之前，有夏桀惑于妹喜；在你身后将更有幽王惑于褒姒，夫差惑于西施，灵帝惑于飞燕，玄宗惑于玉环……凡此种种，历朝历代，层出不穷。可悲的是，主宰天下的男人们主宰不了自己内心的欲望，到头来亡国败家，反而痛骂你们是红颜祸水！天道之不公，世事之无常，由此可见矣。所以，虽然你没有封号，但在我心里，你却永远都是一尊至美至纯、至奇至幻的无冕之神。

太公望的琴声愈显平和、空旷。有几只蛐蛐也跟着开始鸣唧起来。

太公望见一轮圆月映在水中，滢亮滢亮地沉在那里，他心里忽然一震，仿佛看见一股香烟袅袅地从潭中升起，悠悠地弥散于夜空中。

郦食其

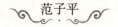

范子平

郦食其,陈留高阳人,落魄儒生,虽年过花甲,但自奇其才,做梦想的都是怎样成就一世功名。刘邦率军路过高阳,郦食其认为是天赐良机,托一位在刘邦警卫队里任伍长的老乡介绍,想投靠汉王,一展雄才。

伍长姓严,私下警告他说:"汉王文化不高,从来厌烦儒生,提起儒生就骂。更有甚者,一位儒生求见,汉王竟上前一把将下对方儒冠,当场尿到里边。"

郦食其信心十足,说:"你只要想办法让我见到汉王就行,一切不用担心。"

严伍长趁当班时报告刘邦,果然刘邦骂骂咧咧地说不见儒生。

郦食其闯进大帐,见两个美女正在为刘邦洗脚,就一脚踢飞了洗脚盆,喊道:"我本高阳酒徒,不是什么儒生!"

洗脚水四溅,刘邦这才抬起头来。郦食其气呼呼地说:"请问沛公是想灭暴秦还是想帮暴秦?"

刘邦骂道:"这不是放屁吗?暴秦无道,这事还用说吗?"

郦食其说:"你要真想讨伐暴秦,就不应如此倨傲无礼,要不然我的破秦奇计,不是白白沤烂在肚里了吗?"

刘邦顿时眉开眼笑,忙穿上鞋子离开卧榻,到右帐热情地请郦食其上座,诚恳地道歉说:"对不起,请先生教导。"

郦食其说:"足下兵马不过万人,攻进关中如探虎口,而且粮草不足。陈留位居天下要冲,城内积粟甚多,可资军用。敝人与陈留县令素有交情,可以前去劝降。假使不听,您再发兵攻打,我做内应。"

刘邦大喜过望道:"讲得在理!好,就委任你为全权代表,前去劝降,所需黄金白银到仓房领取。"

刘邦兵围陈留城下。郦食其大摇大摆地进城,果然凭三寸不烂之舌,说服陈留县令投诚。汉军因而取得大量兵器和军粮。刘邦马上封郦食其为广野君,一次次让他代表自己出使诸侯国,而郦食其每次都不辱使命。郦食其又捎信让自己兄弟郦商带着他那支三千人的队伍,投奔刘邦。

汉王三年,刘邦在荥阳、成皋一带和项羽多次苦战难以取胜,就想放弃成皋以东地盘。郦食其听说之后,立即进谏道:"赶快进军收复荥阳,占领敖仓,阻塞成皋险要,天下百姓自然归顺汉王。齐国幅员千里,百姓富庶,兵员充足,南面又接近楚国,即使派数十万军队,也不可能在一年半载之内攻下。我请求奉您的命令去游说齐王田广,让他归附麾下成为大汉之属国。"

汉王觉得是高招儿,立即派部队进击荥阳,守住敖仓,并派郦食其出使齐国。

此时韩信率军正向齐国开进,前锋已越过赵、齐边界。

郦食其进入齐国都城临淄,顺利见到齐王田广,两次会谈,都谈得十分合拍。第三次会谈,郦食其分析天下形势走向,田广心服口服,痛下决心臣服汉王,齐国七十二城都将归属刘邦麾下。

刘邦接到郦食其的报告,大喜,与手下人酒宴庆贺。警卫队长夏侯婴不知深浅地说:"既然这样,大王还不快下诏书让韩信停止进军!"

刘邦道:"该进军进军,该游说游说,双管齐下不是更有把握吗?"

夏侯婴说:"既然齐王田广已愿臣服大王,进军不是徒费精力吗?"

刘邦道:"你说,一个是齐王臣服的表态,万一形势有变,他也随时有反

汉降楚的可能;再一个是彻底消灭他,七十二城永远归属我们。这两个哪一个更有利呢?"

夏侯婴道:"那么,大王应该赶快召回郦食其,如果齐王田广得知韩信进军,又岂能饶得了他?"

刘邦说:"郦食其在齐,齐军士气松懈可知,韩信大军正可趁此机会下手。如召回郦食其,那不等于给齐王送信吗?"

夏侯婴道:"那么,郦食其在那里不是凶多吉少吗?"

刘邦站起来又坐下道:"舍不得孩子打不到狼。你说,是郦食其的生死重要,还是统一天下大业重要?"

夏侯婴无言以对。

刘邦也沉默了。好一会儿后,他下令重赏郦食其家属,并提升郦的职务。

史载:韩信趁齐国没有防备,大军突袭历下(今之济南),得手后率军直趋齐国都城临淄。齐王田广质问郦食其,汉王为何出尔反尔?郦食其也不知道实情,支吾搪塞说不出道道。齐王认定已被郦食其出卖,在逃跑前摆下大鼎,烹煮了郦食其。

风筝线

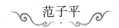
范子平

萧何连夜追回韩信，向刘邦力荐韩信为大将军。刘邦将信将疑，说要考察一下。

于是当夜刘邦召见韩信，君臣促膝长谈。第二天刘邦升帐，脸色红扑扑的，没等萧何开口，即朗声大笑道："萧丞相，你月夜追回韩信，为咱汉家立了大功，可谓天地间最大之功！你说得不错，韩信乃天下奇才！我知之晚矣！昨晚一番话，定出了兴汉灭楚的战略方针！打败项羽指日可待！"

拜大将军仪式筹备了几天，樊哙、周勃、灌婴、郦商……都喜气洋洋，认为要拜自己为大将军。萧何来大帐汇报，却说刘邦巡视营房去了。萧何找到营房，见刘邦正在营房外堤坝上散步。萧何述说众位将领自以为将成大将军之事。刘邦并没有笑，只是看着萧何道："咱一路血战过来，这几个显露头角的名将你以为如何？"

萧何一时不解其意，道："主公是说……"

刘邦道："樊哙勇猛，周勃勇武，灌婴智勇双全。"

萧何说："大王，您的意思……"

刘邦说："但都不如曹参文武毕备。"

萧何随口说："大王所言极是。曹参从军以来披坚执锐，几乎无一战不

负伤。攻占亢父，他第一个登上城楼；攻击雍丘，他身带箭伤，击杀秦将李由……"

刘邦摆摆手，打断萧何的话，说："我问你，曹参任戚县县令时咋样？"

萧何摸不着头脑，只好说："干得好！执政水平亦为一流。"

刘邦若有所思道："嗯，不是说这个。曹参忠诚、大气，外表忠厚，内蕴机警，心底有数……"

萧何实在想不起这些和次日的拜大将军有何关系，紧盯着刘邦道："大王……"

刘邦说："明天把典礼仪式弄隆重些。好了，你去吧。"

第二天举行拜大将军仪式，当主持人萧何宣布大将军韩信上台时，全军皆惊。韩信慨然从刘邦手中接过兵符与大将军印玺后，刘邦出人意料地宣布，曹参为韩信副将，协助韩信统领全军。

韩信即刻升帐调兵遣将，安排军事。萧何一时无事，便想去问个究竟。却见刘邦又在堤坝上，正饶有兴趣地仰脸望着天上的风筝。萧何说："大王怎么想起用曹参为副将？"

刘邦道："为大将伊始，韩信毕竟还无尺寸之功，威信未立，没有一个战功卓著、深孚众望的将军为辅，他能统领好全军？"

萧何道："大王所言极是，但周勃、灌婴也可……"

刘邦手一指道："你看那天上的风筝，能够舒羽翼、驭长风，全赖下边一条细细丝线，如断了这条丝线，拙者在地上打滚，升腾不起来，能者搏击长空，岂不又脱离主人控制。"

萧何无比佩服，道："臣明白了。"

这年八月，刘邦按照韩信谋划，率全军东出陈仓，尽占三秦地盘。

第二年春，刘邦和韩信等攻占函谷关，出关东渡黄河，与项羽中原逐鹿。为打败项羽，汉王与韩信商议，决定兵分两路。刘邦由张良、陈平等协助，亲率主力三十万大军南出宛叶，韩信率偏师三万东平燕赵齐鲁。韩信偏师越

战越强,没多长时间即发展成二十万精兵。而刘邦主力接连大败,在成皋决战中几乎全军覆没。刘邦在樊哙、夏侯婴等死命卫护下冲出包围圈,仅搜寻到张良、陈平等几十名随从,连夜逃往修武韩信兵营。刘邦派夏侯婴潜入营中见到曹参,曹参带灌婴出营。汉王随即在营外主持张良、陈平、樊哙、夏侯婴和曹参、灌婴等参加的小会议,商议应急之策。之后,刘邦自称汉王使者,带领张良、陈平等进入兵营,在曹参协助下,收取韩信符节印玺,通知各兵营头目连夜开会,把韩信集团部队全部划归自己直接统率。

传令兵纷纷出大帐之际,刘邦笑对张良说:"韩信雄才大略矣。我等穷途末路前来,实乃孤注一掷,万一有变,统一大业休矣!我等性命休矣!今有曹参在内掌管军务,咱来韩信兵营就像回家一样!"

星光闪烁,尚未破晓,汉王让人去唤醒韩信。韩信匆忙赶到中军大帐,才知一夜之间,他统率的全军皆调归汉王麾下。刘邦要韩信带领少数随从,到赵地收集散兵游勇强化训练,迅速形成战斗力,然后南下与项羽决战。打仗内行、搞政治外行的韩信已经没有了兵将,只有俯首听命。

萧何当时在汉中后方筹粮,听使者绘声绘色向他学说刘邦接管韩信大军经过后,心情复杂地说:"汉王之力,今可以验证矣。"

死亡之约

戴　希

贞观七年腊月初八,迎着纷纷扬扬、漫天飞舞的大雪,唐太宗李世民忽然驾临朝廷大狱。

大狱里关押着已判死刑、只等批准执行的三百九十名囚犯。

此时,他们有人直勾勾地盯着唐太宗,有人眉头紧锁,有人不停地眨巴着眼睛……都不知道玉树临风、英俊潇洒的唐太宗,葫芦里装的是什么药。

"我是李世民,今天问你们两个问题,请如实回答!"唐太宗目光炯炯地扫视着囚犯,"第一,对朝廷大狱给你们所定的罪行和罪责,你们可有异议?"

"皇上,我们一点不冤,我们认罪伏法!"囚犯们应声跪下。

"那好!第二,"唐太宗声如洪钟,"说说临死前,你们最后的心愿。"

跪在最前面、家住京畿扶风的囚犯徐福林,赶紧连磕三个响头,抬起头哽咽着说:"皇上,我想回家,看看我的父母妻儿,与他们做最后的诀别!"

"这个!"唐太宗仔细打量他一眼,把目光转向其他囚犯,"你们呢?都不要顾忌,但说无妨!"

"皇上,我们也一样!"囚犯们迫不及待地叩头、高喊。

"既然这样,我和你们订个'死亡之约'。可都愿意?"

"我们愿意!皇上。"

"好!"唐太宗点头,"第一,准许你们不受任何约束地回家,看望你们的父母妻儿!"

囚犯们颤抖了,他们的眼里都有泪光闪烁。

唐太宗威严地审视他们,又说:"第二,你们必须保证:来年九月初四晌午之前,一个不少,自行、准时地返回朝廷大狱,主动伏法!"

囚犯们一愣。他们相互看看,点头示意,高喊:"皇上,我们保证!"

户部尚书兼大理寺卿戴胄额上沁出豆大的汗珠,立即小心翼翼地靠近唐太宗:"皇上,这些囚犯可都是杀人越货、罪大恶极之徒!他们丧尽天良、毫无人性。您放他们出狱,万一他们凶相毕露,或者逃之夭夭,怎么办?"

唐太宗轻轻拍拍戴胄的肩膀:"爱卿,用诚心才能换忠心!我肯定他们不会辜负我对他们的信任!"

"这……"戴胄不由自主地摇头。"别说了!"唐太宗对他摆了摆手,然后毅然转向囚犯们,"此事已定!你们,都起来吧!"

霎时,囚犯们泪如泉涌,情不自禁地欢呼雀跃起来。

牢门一开,囚犯们就像挣脱了牢笼的野兽,撒开双腿,没命地向家中奔跑。

秋高气爽,惠风和畅。在都城长安,从四面八方赶来的民众潮水般地拥向朝廷大狱所在的朱雀大街。一时间,一百五十米宽的朱雀大街上人头攒动。人们踮起脚尖,好奇地张望,耐心地等待。

这是贞观八年九月初四,一个史无前例的死亡之约!

没人相信囚犯们会守信用!他们来是想验证自己的猜想,是想目睹唐太宗怎样应对突然的变故。

然而出人意料:那些个囚犯很快就接踵而至地来到长安,返回朝廷大狱。他们个个昂首挺胸,人人精神抖擞。

人们目瞪口呆,不得不对他们刮目相看。

晌午到了。清点人数,已返狱三百八十九名!还差一名!戴胄急了。

"怎么办呢？皇上！"他小心翼翼地问。

唐太宗浓眉一皱："再清点一次，查查有谁未到？"

又清点人数，依然是三百八十九名，未到者正是徐福林！消息传开，不仅看热闹的民众七嘴八舌，已返狱的囚犯们也开始咆哮了：狗日的徐福林，他怎么能出尔反尔？狗日的徐福林，他胆敢欺骗皇上？狗日的徐福林，他是混蛋、孬种……

"怎么办呢？皇上！"戴胄诚惶诚恐地靠近唐太宗。人们也不约而同，把目光投向这边。

"等等吧！"唐太宗把右手一挥。

半个时辰过去，不见徐福林的踪影。人们急得如热锅上的蚂蚁。囚犯们则怒目圆睁、咬牙切齿。

"怎么办呢？皇上！"戴胄又小心谨慎，问唐太宗。

"再等等吧！"唐太宗拍了拍戴胄的肩膀。

又半个时辰过去，依然不闻徐福林的声息。人们忧心如焚。囚犯们暴跳如雷。

"怎么办呢？皇上！"戴胄怯问。

就在这时，忽然有人高喊："来了，来了！"

"来啦！"人们循着吱嘎吱嘎的车轮声望去，还真有一辆牛车由远及近、匆匆赶来。

很快，从牛车的车篷里探出一张男人的脸。这张脸消瘦、蜡黄、病恹恹的。狱吏定睛细看，不错，此人正是徐福林！

人们长长地嘘了一口气。囚犯们的怒容也渐渐消弭。

"说说吧，怎么来晚啦？"唐太宗端详着徐福林，问道。

"返回长安的路上，我突然病倒了。幸亏中途拦住了一辆牛车，就雇了它继续赶路。"徐福林喘着粗气，"我起了个大早，本想早点返狱伏法，哪料事与愿违！唉，我有罪，罪孽深重啊。皇上！"

"不，你能抱病返狱，精神可嘉！"唐太宗向徐福林投出赞许的目光。

徐福林挣扎了一下，要奔出牛车给唐太宗下跪。唐太宗走过去扶住他："徐福林，你别动，就在车上待着。"

"现在怎么办？皇上！"戴胄毕恭毕敬地问。

囚犯们无可奈何地低下头。他们明白，真正的死期就要到了。

"怎么办？"唐太宗把囚犯们一一打量过，突然朗声宣布："大赦所有囚犯，让他们自由回家！"

人们惊讶得把嘴张成了大大的"O"形。囚犯们也半晌回不过神来。等终于回过神来，就见他们五体投地地跪在唐太宗面前，热泪盈眶地高呼："皇上万岁、万岁、万万岁！"

风云突变，西域叛乱。贞观十四年，唐太宗任命唐朝名将侯君集为西域远征军统帅，统领十五万铁骑远征西域。闻讯，三百九十名囚犯慷慨激昂、自愿请战。他们在侯君集的带领下，一路冲锋陷阵、英勇杀敌，最后全部血洒疆场、壮烈殉国。

鹞鹰之死

戴 希

那时,鹞鹰几乎人见人爱。它像鹰但比鹰小,长着鹰的尖喙却没有鹰凶猛。只要训练有素,它会用自己的尖喙给主人梳头、挠痒痒。盛夏酷热的夜晚,它还会伫立主人的床头,轻轻扇动翅膀为主人送凉驱蚊。如果主人的偏头疼犯了,它甚至会用尖喙和爪子轻轻按摩主人的头部穴位,据说有奇效。当然,大唐时流行的胡旋舞,鹞鹰也跳得很美。

唐太宗李世民也爱鹞鹰。

贞观四年的一天,鲜花盛开,风和日丽,有人给唐太宗送来一只鹞鹰。这只鹞鹰形态俊美、毛色漂亮。

唐太宗甚喜,就在内宫赏玩。他把鹞鹰放于肩头,向前平伸出左臂,让鹞鹰在自己的肩头和手臂上翩翩起舞。

"咱大唐啊,一年判死刑者仅二十来人,百姓安居乐业,到处道不拾遗、夜不闭户。四海一统,天下和谐,寰宇来朝。这种盛世景观,何朝何代有过?"唐太宗一边欣赏鹞鹰舞之蹈之,一边扬扬自得,"嘘,嘘,嘘"地吹起口哨。

正在兴头上,忽闻谏臣魏徵已到门前,有事奏请。

俨然顽童要见严师,唐太宗龙颜惶惧,四顾无处可藏,便将鹞鹰隐蔽于怀,然后正襟危坐,清清嗓子,准备接受魏徵奏报。

这一切,魏徵看得分明,却佯装不知。

"臣闻求木之长者,必固其根本;欲流之远者,必浚其泉源;思国之安者,必积其德义……"魏徵大讲特讲治国安邦之道,还列举秦二世、隋炀帝等反面例子详加说明,用心阐述一些皇帝因贪图安逸享乐、沉醉声色犬马,最终导致丧国灭身……

奏请之时,还不动声色地偷窥唐太宗怀中的动静。

魏徵滔滔不绝,唐太宗心急如焚。怀中鹞鹰的气息已越来越弱,唐太宗欲暗示魏徵下次再奏,想想,又觉不妥。因为向来敬重魏徵,只好耐心听他进谏。

结果,魏徵得寸进尺,没完没了,直讲得喉咙干燥如十年未下雨的旱地,嘴角淌出的白沫沾满胡须,像初冬的白霜。

"皇上玩鹞鹰,我就玩皇上!"魏徵暗下决心,"既然我都口吐白沫了,鹞鹰不口吐白沫才怪!"他又使劲给自己打气,继续天南地北、口若悬河,直到唐太宗的怀中毫无动静。估摸那鹞鹰已一命呜呼,魏徵才心满意足地退下。

魏徵一走,唐太宗迫不及待地从怀中掏出鹞鹰。一看,那宝贝早已气绝身亡。心疼之余,他不禁火冒三丈。

"朕一定要诛杀这个乡巴佬!"唐太宗怒吼。

正巧长孙皇后轻轻走进,便问:"谁冒犯了吾皇啊?"

"除了魏徵,还能有谁? 这个乡巴佬,简直肆无忌惮!"唐太宗气不打一处来。

长孙皇后一愣:"魏徵? 他又说了些什么啦?"

"乱七八糟讲上一大堆,还指责我杀兄弟于殿前,囚慈父于后宫……说什么当皇帝就是赎罪的,当知耻而后进。你看你看,我不就玩了一下鹞鹰,犯得上他如此大做文章?"

"哦,这个……"长孙皇后略一思虑,便默不作声地退下,换上朝服后又

匆匆折回，毕恭毕敬地给唐太宗行大礼。

"观音婢，你这是……"唐太宗一头雾水。

"恭喜陛下！陛下有福、大唐大吉啦！"长孙皇后满面春风。

唐太宗皱眉："此话怎讲？"

"臣闻君明臣直。只有皇上圣明，大臣才会正直。所谓魏徵者，为政也；世民者，世世代代济世安民也……古人云，玩物丧志。魏徵只是想奉劝陛下励精图治、心无旁骛呀！"

唐太宗终于转怒为喜。

长孙皇后也窃喜。

原来是长孙皇后听说唐太宗在玩鹞鹰，便悄悄派人给魏徵通风报信，再和魏徵里应外合……唐太宗被蒙在鼓里。

从此，唐太宗再也没有玩过鹞鹰。

贞观之治得以延续。

魏徵死后不久，长孙皇后也英年早逝。

不知从什么时候起，寂寞之余，唐太宗就拿出一面铜镜照着自己，有时眼角闪着泪花。

群臣不解，唐太宗便道："以铜为镜，可以正衣冠；以古为镜，可以知兴替；以人为镜，可以明得失。今魏徵去矣，朕痛失一镜也！"

断尾钗

唐丽妮

一块黛青的缎子,把红木梳妆台上那面椭圆的金边铜镜,轻轻遮盖了。她就坐在这青缎子前。

丫鬟翠儿握着她稀疏的长发,心头一酸:昔日那张红润的脸,如今已淡了颜色。对着镜,只平添几分痛罢了。然而,纵是最贴心的丫鬟,又何曾真懂她?

十三年前,红红的蜡烛燃了一夜。鸳鸯帐内,她在清晨小鸟的啁啾中醒来。那个人引她到镜前。十根温暖修长的手指,缠着她柔亮的黑发绕呀绕。最后,端端正正地插上那支和田羊脂玉凤钗——白玉凤凰口衔两颗串在金链上的玉珠子展翅欲飞,凤身润白如凝脂。那是他家里给她下聘的信物。

"这钗,只配你!"椭圆金边铜镜里,那个人手扶凤钗,两眼亮如星光。

那时的她,如一朵初绽的桃花。只为他娇,为他笑。

可那个人,此刻在哪里呢?宁德的任上吧。她轻叹一声,套上一件长及脚踝的淡紫褙子,让翠儿扶着,到园子去。她已在床上躺了两个多月。

园子里有风,柳枝微微晃着,还是绿的,却不再是三月的嫩绿,是墨绿。

柳叶老了。人,也老了。

去年春天,沈园荷花池边的如故亭里,她终于遇见了他。桃亭外的桃枝斜插进来,撩开他的鬓发。她瞥见了点点斑白。这个懦弱的人,不过三十出头,竟老了。十年光阴,一纸纤薄的休书,一场失意的礼部会试,带走了那个风流才子的满怀意气。

她轻抖红袖,伸出玉手,理理发鬓,捧上一杯酒,轻摆石榴红襦裙,款款向他走去。

他黯然的眼底,倏地燃起两道火苗。

"这是赵郎请您喝的酒。"她盈盈一笑。

那两道火苗,倏地熄灭。这分明是她要的。可她的心底,怎么会痛呢?痛得这般尖锐,如针如刺。

他颤抖着手,接过酒,仰头,饮尽。那眼里,再漫上的,是烟,腾腾升起,淹没了他,还有她。

他说:"满城春色宫墙柳。"

她说:"雨送黄昏花易落。"

"夫人,风大了,回去吧。寻不着人,老爷又该着急了。"翠儿扯扯她的袖子。

风真变大了,乱了她的发鬓。

"不碍事的。你先回吧。我在亭子坐坐。"

打发了翠儿,她独倚栏杆,低头静对满池秋水。水是皱的,一波连着一波,托着黄绿相间的落叶,从池岸那边推过来,在亭子下回旋。

她感觉到冷,打了个寒战,不禁抱住了双臂。细薄的胛骨怯怯地耸起,让她看起来像一只扇不动翅膀的紫蝶。一双温热的大手及时抚了过来。暖流，从她瘦削的肩注入，蔓延至全身。

"老爷。"她微笑着，转过脸去，轻唤一声，就要站起。身子晃晃的，像那风中的柳。

他阻止了她，叫人去备酒菜。

"你喜欢，咱们以后多在这儿用午膳吧。"他说。

这个宽厚的人——那个人当年的同窗好友，昔日看她可怜，收留了她。如今，正爱怜地望着她，眼睛深处，像海。

"谢老爷!"她心口一暖，起身，行礼。

"婉儿，别——"他忙伸手来扶。

她忽地感到气紧，伏在他臂上，好一阵咳嗽。忙乱中，一个白亮亮的物件从她袖管里啪地跌落。

白光过后，一只口衔玉珠的白玉凤凰头钗，静静地躺在他脚下。

她愣住了。他也愣住了。

她咬着唇望他，惶恐而愧疚。

他慢慢弯腰，捡起，紧握在手，把脸转向池水。

水，还是皱的，波澜迭起，托着黄绿相间的落叶，从池岸那边推过来，在亭子下回旋。

他再回过脸时，却是一脸温厚的笑。

"好精致的凤钗!"他说着把凤钗递过来。

她无声地接过，感觉到那钗上，有一层温热的水。

不久，在宁德上任的那个人，收到一个小包裹。打开，是个黛青锦盒;再打开，是一支和田羊脂玉凤钗。钗上，那白玉凤凰精致的尾羽是断的。

砖十一

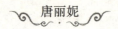

唐丽妮

唐家的榜放了三日，无人敢揭。第四日，忽然就被扯下了。

谁吃豹子胆了？敢揽下这活？盖这么大的祠堂，别说是小小的箩村，就是整个县里，也难找第二家！

揭榜的叫莫子松，一位黑发青须的红脸汉子，目光如炬，身材瘦小。此人是箩村泥瓦匠师前头领黎放的高徒，还是个高不成低不就的主儿。

唐老爷捋捋花白胡子，走进内屋，问太太："莫子松，怎么样？"

"那是你们男人的事啊！"太太微笑着，继续精心修剪一盆文竹。

唐老爷看了看，就出去了。

莫子松还有个条件，工地上的事他负全责，主家不能干涉。还讲为保证质量，每天每工规定砌十一块砖，十五年交工。

"十五年啊！一天十一块砖！还不要人管！他能盖，唐老爷也不定能应呢。难怪黎匠师过世后他总揽不到活儿！"众人哗然。乡下人盖房，少则三四个月，多则三五载，谁有那么大的耐心啊！

可唐老爷应了下来。

"阿爸，莫师傅要求用糯米粉！太离谱了吧？"一天，大儿子急匆匆进来说。

"给他。"

原来莫子松是要把糯米粉和到灰浆里,增加黏性。

莫子松招了几十个大小泥瓦工,也不急开工,先讲做活的规矩和工艺,他说:"凡事要靠心,用心做,慢工出细活。盖房的,更得讲良心,弄不好,是给人家挖坟墓!"

开工了,他每天早上六点必到工地。

先泡砖:头一日选定的十一块砖。并不是十一块同时泡,而是按顺序,哪块砖泡多长时间,他拿到手里,捏一捏,就有数了。

再选砖:选第二日要砌的砖。拿起砖,抛一抛,便知斤两,选出十一块上好的,记上号,叠起来。曾有好事者,把他选的砖放秤上称,拿尺子量。十一块砖,块块都是同样的斤两,同样的尺寸,毫厘不差!

接着拌料,称好沙子、石灰、糯米粉等料,拌均匀,堆入木盆内。

拌好料,不急着加水和浆,他喝酒呢。从腰上取下酒葫芦,两腿一盘,一旋风坐在料盆旁,仰起脖就灌,咕噜有声。直喝得双眼迷离,两腿发热,微醺微醉地站起来。

"和浆喽——嗨!"猛喝一声,吐口唾沫,搓一搓手,运足气。

灌水。搅拌。腾身一跃,跃入料盆,踩浆!两条结实如木桩的腿你起我落,轻重有韵,踩出了锣鼓般的节奏,从凝重缓慢到轻盈舒展,如痴如醉。而脚下那盆沙子、石灰混合物在一双黑瘦脚板的揉搓下,逐渐柔软如泥。

最后砌砖。砌砖前,他照例先灌一通酒,小工执砖在旁候着。两只眼睛这次却越喝越有神,忽地放出两道亮光,提身上墙,唱一句:"砖来——"双脚刚点上墙头,一砖已抛上,伸手稳接。立即抹浆,反手便扣,砖刀正括一下,反括一下。十一块砖,一气呵成,几分钟搞定。把砖刀往腰间一插,一拍手,腾身跃下。此时,盘龙庙的昏钟准时敲响。回头看那墙,青砖一片,看不到一点白灰浆,只一条条错落有致、光滑细小的线,不像是砌的,倒像是画师在画板上画的。再看地上,异常干净,不落一丁点废浆,而那盆他踩熟的浆也

刚好用完。

众人无不喝彩叫好！

莫子松要别人也这样做，背着砖刀四处转，眼睛火把般在墙面上照来照去。大工歪鼻二心中不服。歪鼻二在村里泥水行当算个人物，跟莫子松交情也铁。可歪鼻二没耐性，没几天便烦，就由着性子来，一骨碌砌了二三十砖。莫子松默看一阵，蓦地拔刀飞身上墙，像只燕子轻点几下，又飞身下墙，不看人，径自就走。人们好一会儿才回过神来，抬头看，那两三米高的墙上已多了十一块砖，连砖缝都看不到！跟歪鼻二那二三十砖一比，简直是十八岁的细妹子跟八十岁的老太太。歪鼻二的歪鼻子早燥得像只红辣椒，灰头灰脸地爬下了架子。

唐老爷闻得莫子松征服歪鼻二之事，慢踱方步，摸摸胡子，领首道："嗯，莫子松，十一砖，砖十一，砖王啊！"

太太也听说了。太太不言语，微微一笑，跟平日一样叫人往工地送粥。太太从不去工地，可从挖地基那天起，她每天都会下厨房亲自煮一锅粥，叫

人送到工地,春冬煮瘦肉皮蛋粥,夏秋煮绿豆粥。可不管是皮蛋粥还是绿豆粥,砖十一好像都喜欢,三大海碗,一气喝个精光。

日月如梭,光阴似箭,一晃就十余年。

唐家祠堂有条有理地按规划施工,十五年后如期完成！站在对面盘龙山顶望下来,一座青砖黑瓦攀龙附凤的巍巍大宅,在蓝天白云之下如一只威武的青皮虎,半卧在狮虎山下。

可是,在竣工的爆竹点燃之后,却不见了匠师砖十一。唐老爷命人去找。

家人回来报:"砖十一上了盘龙山……"

唐老爷摆摆手,阻止了家人,望望对面山,起伏如卧龙的山峰上,苍翠的松林中,隐约露出盘龙庙的一角。

唐老爷背手转身踱入内堂。太太正给文竹浇水。

"他上山了。"唐老爷走到窗前,望着窗外一棵葱郁的古松。

"哦。"太太直了直如水的腰肢。文竹滴下一滴水珠,颤了颤。"老爷,文竹长新叶子了！"太太又说。

"咚——咚——"盘龙山上传来一阵钟声,悠扬绵长。

后世人在唐老爷手撰的《唐家祠堂总序》里,看到有记载,祠堂始建于嘉庆二十年,历时十五年,建造者乃箩村名匠莫子松。

康百万

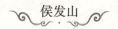
侯发山

  康百万走出庄园来到河堤上。已近中秋,晴空一碧万顷。有微风轻抚,夹杂着成熟玉米的馨香,令人神爽。黄河北岸是一望无垠的玉米田,在风的吹拂下,形成一种缓而长的波动,好像是一条绿色的河流。黄河上有数艘船只在顺风而下或是逆风而上,由于此处是河洛交汇的地方,虽然地势舒缓,但河水形成一个大大的旋涡,倒使往来船只行走迟缓。俗话说,"船工不行哑巴船"。从近处的船上传来船工们抑扬顿挫的号子。

  远观南山一庙堂,

  姑嫂二人去降香,

  嫂嫂降香求儿女,

  小姑降香求商郎,

  再过三天不降香,

  夹起包袱走他娘……

  河里的船不足十艘,有四五艘都飘着带有"康"字的大旗。康家的"太平船"正停靠在码头补充给养。和其他船只相比,"太平船"显得格外高大,格外壮观。船上"下山东一本万利,回河南大发财源"的对联清晰可见。康百万脸上浮出笑,也禁不住跟着船工的号子哼唱起来。

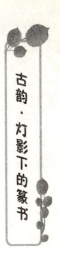

　　这时候，儿子康小勇屁颠屁颠地来了，一边走一边气喘吁吁地叫道："爹，爹！"康百万看到康小勇身后还跟着个仆人，微微皱了一下眉头，说："该成家的人了还这么莽撞？有什么事？"

　　康小勇示意仆人说，仆人结结巴巴才把话说清楚。原来是"昌又盛"商号的船只"大太顺"破损渗水了，他们想把船上的棉花和布匹贱卖给康家。

　　康小勇兴奋地说："爹，这真是天助我也，我们声称不要他们的货物，到最后只怕他们要白送给我们……船上的货物有十万斤，这样一来，怕是'昌又盛'要元气大伤了。"

　　"昌又盛"是山东的一个大商号，除了"大太顺"，另外只有一只大船"白龙马"，如果损坏一只，损失就可想而知了。

　　康百万冷冷地盯着康小勇，说："给我闭嘴，赶快找人给他们修船，如果实在不行，就让他们把船靠在岸边，货物转移到我们的船上，替人家跑了这一趟。"

　　康小勇吃惊地看着父亲。

　　康百万厉声说道："看什么看？我是你爹！快去！"

　　在康家，康百万的话就是圣旨，没有人敢违抗的。康小勇悻悻而去。康小勇找了自家船厂的数名技工，不但把"大太顺"给修好了，还派人护送他们一程。

　　事后，康百万又把康小勇叫到跟前，说："孩子，你知道世人为什么叫我'康百万'？"

　　康小勇说："因为咱家有钱。"

　　康百万叹口气，缓缓说道："道光年间，黄河发大水，淹没河南、山东两岸，秋冬农闲兴修水利，当时政府无钱，康家资助了不少银子。除了修建黄河大堤，康家还建学校、赈济灾民……康家舍得疏财，地方政府上报朝廷，道

光皇帝恩赐'康百万'。我们康家每代的掌门人都是康百万，你爷爷，你爷爷的爷爷，他们都叫'康百万'，等我百年以后，如果你能继承家业并发扬光大，你也是'康百万'。"

康小勇说："爹，我保证不辜负您的期望。"

康百万淡淡一笑，说："那天你为什么口出狂言，准备乘人之危、趁火打劫呢？"

康小勇迟疑了一下，说："爹，商场如战场，不是你死就是我亡……"

康百万摇摇头，说："你背一下康家的家训。"

这个不难，康小勇自小就背得非常熟。康小勇不假思索，张嘴就来："留有余，不尽之巧以还造化；留有余，不尽之禄以还朝廷；留有余，不尽之财以还百姓；留有余，不尽之福以还子孙。盖造物忌盈，事太尽，未有不贻后悔者。高景逸所云：临事让人一步，自有余地；临财放宽一分，自有余味。推之，凡事皆然……"

康百万说："你理解其中的意思吗？"

康小勇赧然一笑，没有说话。

康百万语重心长地说道："孩子，家训的意思说白了，就是啥事都不能做绝啊！无论做人还是做事，无论是对上还是对下，凡事都留有余地。对上荣而思报，报效朝廷和国家；对下富而思济，救济贫众灾民……我们康家兴旺三百多年了，其主要原因就在这里。你想想，如果没有了国家，我们的生意能顺利做下去吗？如果没有了老百姓，我们的生意做给谁去？如果没有其他商号的小船，怎么显出我们能装二十万斤货物的'太平船'？从另一方面说，做生意其实和山上的动物是一样的，适当留有一些天敌会更有助于活下去。我们不能让对手消失，他们也是我们前进的动力！"

康小勇豁然开朗，对老祖宗佩服得五体投地，心说：姜还是老的辣啊。

大贼船

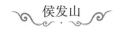

侯发山

这一年的春天，康家的"大贼船"要往山东运送一批特殊物资，虽有康小勇压船，康百万还是不放心，担心儿子年轻，不会处理应急事务，好在家里姊娌和睦，兄弟齐心，没有什么后顾之忧，于是，康百万把整个家园丢给管家，自己随康小勇上了"大贼船"。这也应了那句"船不离舵，客不离货"。

黄河在河洛一带，河水不张扬，显得平静、温柔。到了晚上，更显得神秘、单纯。远处，有金色的鲤鱼不时地跃出水面，激起一个个银色的圆圈。银圈扩大着，一直扩展到岸边的水草里或是船下。于是，浸在水里的星星，也闪闪跳跳地晃动起来，活像无数颗金珠在一幅绸缎上滚动着。船顺水而下，河水"哗哗"地拍击着堤岸……康百万躺在甲板的太师椅上，惬意地"吧嗒"着旱烟。康小勇毕恭毕敬地站在一边，随时听从父亲的指教。

自家船上的船工们在快活地哼唱：

　　天上下雨呵地下流，

　　小两口打架呀不用愁！

　　白天吃饭呢一把勺儿，

　　下黑睡觉呵一个枕头……

这些船工们也是苦中作乐啊。康百万不觉咧嘴一笑。

好像比赛似的,相邻一只船的船工也在叫着号子:

　　一条飞龙出昆仑,

　　摇头摆尾过三门。

　　吼声震裂邙山头,

　　惊涛骇浪把船行……

听着此起彼伏的号子,康百万迷迷糊糊即将进入梦乡的时候,老排(即艄公)慌慌张张上了甲板:"老爷,有个不好的消息要禀报……"

康百万从鼻孔"哼"了一声,示意老排说下去。

老排说刚在船上抓到一个贼,是船在岸边装货时,趁人不备潜伏到船上来的。说这话的工夫,几名船夫已推搡着一个中年汉子过来了。

中年汉子自称是洛河岸边的人,老母亲有病,婆娘生孩子难产死了,撇下一双嗷嗷待哺的儿女。家里实在揭不开锅,万般无奈,才出此下策。他想到这条船叫"大贼船",认为这条船的来历也有问题,即使被抓,船主也不好意思说什么。

中年汉子的话是有渊源的。当时有一种特殊的习俗,就是在造船的过程中,船主去偷一块木料筑在自己的船上,认为这样可以发大财——没有外财不发家嘛。偷来的木材是"外材",谐音为"外财"。正是因为这样,康百万故意为自己的一条船取名为"大贼船",寓意有"外材(财)"。

康小勇忍不住了,气呼呼地说:"你到康家的船厂打听打听,康家那么多船,何曾偷过他人一块木材?"

中年汉子张口结舌,说不出话来。

康百万饶有兴致地看着康小勇,似乎看他怎么处置这个小偷。

康小勇越发来了劲头,说:"敢欺负康家,真是吃了豹子胆……要不是看在乡亲的分儿上,把你抛在河里喂王八也不为过……老排,把他捆绑起来,送给官府处置。"

中年汉子闻听,"扑通"一下跪在甲板上,磕头如捣蒜。

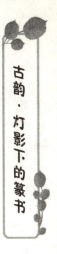

康百万用鼻孔"嗯"了一声，康小勇忙闪到一边。

康百万说："我看这位汉子也是到了难处，要不然也不会做出这等事来。既然家里如此艰难，老排，就给他一些银两，如有上行的船只，就让他搭乘回家吧。"

等众人退下后，康百万给康小勇解释，说："如果那个老乡所言属实，他家里怎么办？把他送到官府，冤仇怕是就结下了。再者，给他一些银两，对康家来说是九牛一毛……我这样处理，也是符合祖训的。"

"爹，您教训的极是。"康小勇心悦诚服。

"大贼船"顺利返航后，管家知道了这件事，根据众人的描述，他知道那个中年汉子是他的邻居。管家说中年汉子骗了康百万，他的老娘身体很健康，婆娘非常勤快，是田里家里的一把手，一双儿女也活泼可爱……家里的日子并非他说的那样一塌糊涂。

康百万说："真的？那个老乡的母亲没有病？婆娘也没有死？"

管家说："老爷，我不敢撒谎的。"

"好！好！好！没有比这个消息再好的了。"康百万呵呵一笑，转身哼着小曲走了。

老爷怎么一点也不生气？管家诧异不解，半天没回过神儿来。

驼 背

王琼华

　　徐记豆腐店里的驼背不是一出生就背驼，背是后来才驼的。眼前，驼背连自己姓什么也想不起来了。但驼背记得，他十六岁到徐记豆腐店当伙计，徐店主有一个千金叫梅儿。

　　那天，驼背在豆腐店门口跟人家打赌，看谁能把一块废弃的大石磨抱起来。驼背把裤带用力一勒，深吸一口气，抱起了三四百斤的石磨。驼背呼呼走了十几步，对手不得不叫道："这豆腐脑我请你喝三碗！"

　　"要喝三天才行！"这后一声是从店门口传过来的。驼背侧头一看，原来是店主的千金在喊话。那年，梅儿才十二岁。梅儿身边那高个子就是徐店主。徐店主说："啧，梅儿又管闲事了吧。"

　　"爹，石磨好重的。我和好几个伙伴使劲推都没推动一下。"徐店主失笑。"爹，你又笑梅儿不是男儿吧。要是男儿才有力气，爹怎么不让这个人来店里挑水呢？"

　　徐店主脑子里当即一个闪念，招招手让驼背过来。就这样，驼背进店当了挑水工。徐店主那天还说："你这工是梅儿雇的。"驼背冲梅儿一笑。梅儿歪歪头，很得意地哼了哼鼻子。这小镇里，一共有五六家豆腐店，最有名气的当数徐记。驼背挑过水才明白，这徐记豆腐磨得白白嫩嫩，吃起来香味满嘴,跟这磨豆腐用的水有关系。徐记豆腐店的水是专门从七八里外的一个山泉中挑回来的。

每天,驼背要上山挑好几趟水。挑好磨豆腐的水,还要挑一担水给梅儿洗脸泡澡。这是徐店主特意交代过的。在街坊眼里,梅儿就是一个如花似玉的"豆腐西施"。驼背挑了几年水,也觉得这梅儿一天比一天好看。

那天,他跟另一个伙计说:"这真是仙泉水,要不怎会把'豆腐西施'洗得娇娇嫩嫩呢?"

这话刚好被梅儿听到了。她问:"谁嚼舌头说我坏话?"

另一个伙计吓得拔腿溜了。驼背说:"我没说小姐的坏话。"

"我听起来是坏话就是坏话。"梅儿抬抬下巴。

驼背搓手说:"说了坏话,那小姐罚我吧。"

梅儿说:"当然要罚。怎么罚,你自己找个法子吧。"

当天傍晚,她看到驼背用一对新木桶挑水回来,问:"那十几个旧水桶都漏水了吗?"

驼背说:"这对新桶刚要的,从今天开始专门给小姐挑水用,它们比旧桶多盛十几瓢水,也算小姐罚我挑水吧。"

梅儿眨眨眼,说:"这挑水不是要一直罚下去吗?"

"那我还真乐意一直被罚下去呢。"这话刚出口,驼背就觉得又要让梅儿为这句话再罚自己。不过,他这次迷惑了,梅儿一听这话脸唰地红了,嗔怪的话倒一句也没说。

这年冬,驼背挑水时摔了一跤。那天大雪,店主跟驼背说:"水缸里还有

够两天用的水，今天歇一天担吧。"但驼背还是挑起了水桶。

梅儿追过来问："这路滑呀，还去挑什么水？"

驼背一笑："磨豆腐的水我不挑。我去挑一桶水给小姐用。小姐用不得缸里的陈水。"

过了两个时辰，驼背被人抬了回来。一看驼背摔伤了腿，梅儿一下子流出眼泪。徐店主发觉女儿这模样，又看看驼背，暗暗拧了拧眉头。

第二年春的一天，梅儿突然跑来找驼背，说："今晚带我走吧，明天有人要来提亲了。我知道，你有力气养得活梅儿！"

驼背咧开嘴巴，却不说话。

梅儿急了："你这人，你不是说想一直帮我挑水吗？"

过了半天，驼背把头扭开说："小姐，店主上午刚刚收我为义子。"

梅儿一愣，捂着脸跑开了。驼背抬头看看天，眼睛猛地一闭。

很快到了梅儿出嫁的日子。那天下大暴雨。看着送亲的人远远离去，驼背站在院门口，一个人淋着大雨。也不知过了多久，驼背突然得知，送亲的人遇上山洪，梅儿被泥石流砸死了。

驼背扑通跪在地上。当看到徐家正在搬送棺木时，驼背大吼一声："不许你们动！"接着，驼背一拱背便把一副棺材背了起来。在雨中，驼背背着棺材一口气走了十几里路。卸下棺材时，他的背就驼了，再也没直过。

街坊惊诧：一副棺材把人背给压驼了！徐店主懊悔不已，他只有梅儿一个女儿。事到如今，只好把义子驼背当亲儿子来养了，花钱请来号称"整驼一绝"的神医来帮他治驼。两个疗程后，驼背还是驼背。神医怕砸了自己的牌子，只好买酒割肉找驼背问个究竟。这酒桌上的话还没说完，神医已经起身离去，一路拊掌唏嘘：心债难还，这人哪还会抬得起头来？唉，看来天王老子也治不好他这驼背！

神医的话没说错，驼背渐渐老了，背更驼了。

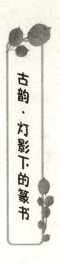

心仪剑

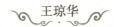

王琼华

　　小小六子说："孩儿一直记得娘嘴边上的一句话,一个男人若能舞出一套好剑法,会让女人记一辈子。可孩儿十二岁那年登上华山后,突然想把手中那柄剑扔下山崖。"

　　娘说："怪娘啊。不过娘从未使过剑,只是把娘看到过的一套剑法传授给了你,还让你从一岁练到十二岁。"

　　小小六子说："该是孩儿悟性不高吧。孩儿小时候眨了半天眼也没听懂娘这句话。孩儿只觉得娘喜欢,便好好习剑。上华山观摩十年一届的武林盛会前,娘又这般叮嘱孩儿。可看过几名高手过招,孩儿有些意冷了。秋风中,孩儿站在悬崖上举剑呐喊,老天爷你告诉我,一个男人怎么才能舞出一套好剑法,让女人记一辈子?"

　　娘说："你这孩儿!"

　　小小六子说："孩儿这呐喊声刚落,就有人问道,少年怎么这般追问苍天?孩儿一转身,才知一位留着短胡须的长者站在身后。孩儿如实相告,此话为娘所说,剑法为娘所授。长者让孩儿把话重述一遍,又问了孩儿名字。在端详孩儿一番后,这位长者让孩儿再舞出一套剑法看看。长者竟然看呆了,还痴痴叫好。孩儿愣愣问,莫非长者看走眼了。长者一仰头叹道:'真正

看不走眼的还是孩儿你娘,除了一眼记住剑路,还明白这剑如心意。孩儿你娘真是看懂了剑。'"

娘说:"随缘又有心,还会不易感触到?"

小小六子说:"每一届华山盛会都要比武选出新的盟主。几天打擂下来,这位长者成为新的盟主。在擂台前,众多无名小辈悉数目凝新盟主。按惯例新盟主会挑选一个少年作为自己的剑童。孩儿正猜何人有此福缘,岂料盟主一眼朝孩儿望来。盟主当众让孩儿起誓,终生不得离开盟主,除非功力盖过盟主。可有过三十八届盟主,没有一个剑童能胜过盟主。天下侠客都明白,再洒脱的盟主也不会把功夫全盘传授给一个剑童。不过能与盟主形影相伴,也是天下所有习剑少年的奢望。时过十年,盟主没有易位。在孩儿的叹气声中,盟主捋须破了一回规矩,没再添上一名新剑童。孩儿深知盟主良苦用心,暗暗发誓要苦练功夫。"

娘说:"能知这番用心,才像娘的好孩儿。只是这让娘二十年没见过孩儿一面哪。"

小小六子说:"孩儿不孝。又过十年,孩儿的剑法没让一个女人记住,倒在新一届华山盛会上让天下侠客记住了孩儿。这届比武,盟主也让孩儿参加。孩儿有了二十年剑童生涯,还是觉得底气不足。孩儿跃上擂台后,一路嗖嗖使剑过来,竟赢得与上届盟主争夺新盟主的资格。不过,没有一个剑客会担心上届盟主输招——孩儿是他的剑童嘛。两个时辰的比武,孩儿越战越勇。众人又叫绝妙时,只听到咔的一声,盟主的剑被孩儿击断,一口浓血也直喷出来。孩儿惊呆,自己怎么会信手使出长虹断桥这一绝招呢?所有剑客更惊愕,盟主把看家本领也传给了孩儿。孩儿记得,盟主当时见孩儿剑势一转,也迅疾使出长虹断桥一招来挡,只是孩儿内力还是童子真功,便震伤了盟主五脏和脉络。唉,孩儿真后悔!"

娘说:"他会欣慰的,二十年的心血没白费。"

小小六子说:"老盟主临终前要孩儿日后禀告娘,他说,一个男人若舞出一套好剑,能让一个女人记一辈子,还明白剑法随心生,这男人真算有福之人。"

娘说:"孩儿……"

小小六子说:"娘,别哭。孩儿也相信了,一个男人若舞出一套好剑,真能让一个女人记一辈子。别哭了,娘!"

娘说:"娘不哭。孩儿这般唏嘘,也该是悟出了缘由吧。"

小小六子说:"孩儿只是猜到了几分。"

娘说:"他叫小六子。"

小小六子说:"老盟主叫小六子,孩儿叫小小六子……"

娘说:"小六子的儿子,不叫小小六子还会怎么叫呢?他就是你的父亲。当年,你父亲立誓非娘不娶。可娘家把娘许配了人家。娘只好身怀六甲坐上了花轿。你父亲绝望了,一个人从此浪迹江湖。后来娘被赶出婆家,抱起孩儿你躲进深山借住,从此相依为命。那年,娘突然觉得依你父亲的功夫也该上华山打擂,娘才要孩儿登上华山寻亲的。娘想让孩儿成为一个像你父

亲一样的好男儿。看来你父亲深知为娘的心，即便他三十几年前就已皈依佛门。"

小小六子说："这些年来，父亲夜以继日传授剑法给孩儿。"

娘说："唉，只是娘无缘再看到你父亲舞剑了。娘与他当年偶遇相识，他曾在河边草坡上为娘缠绵舞出一套剑法。娘觉得好看，问他这是何种剑法。他称，这是心仪剑法。"

小小六子说："娘所传授给孩儿的就是这心仪剑法吧。"

娘说："嗯。知道吧，这剑法还是你父亲即兴挥舞而成的。为何偏偏叫心仪剑法？娘明白，这剑也能舞出心之所想，心之所念。娘那年十八岁，当即记住了这剑法，也记住了这名称，更记住了这个男人。一个男人能舞出一套好剑会让女人记住一辈子的，这话确实是娘跟他说的。这话娘只说过一遍，他……他便记住了这话。"

小小六子说："原来这话还是娘对孩儿父亲说的。孩儿也想说，父亲的剑法也会让孩儿记住一辈子的。为了孩儿，父亲连生命也垫付给了孩儿。还有这二十几年的牵挂也让娘熬白了头发。这些年，不管孩儿足迹落在何处，孩儿都惦记着娘。"

娘说："好孩儿，你取剑吧，把你父亲的那套心仪剑法再舞几遍，娘想看看……"

空 城

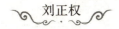

刘正权

孔明

想我堂堂军师,身边兵卒竟不过二千五百人,要是冤家司马懿突然兵犯西城,我当如何是好?

该死的马谡,若不是街亭失守,我诸葛亮谨慎大半生,又何至于进退维谷,只怕长平之祸不远矣。倘魏兵骤至,四面合围,断我水源,不需二日,军自乱矣,我等有家也不能归矣……

但愿上苍佑我,他日飞龙在天,必彰显我心。

司马懿

幸甚,幸甚,孔明一生神算,竟用了只会纸上谈兵的马谡镇守街亭,老祖宗说的一点儿没错,智者千虑,必有一失!今街亭已失,孔明必走矣,我且率三军去取西城。西城是蜀军粮草辎重屯所,若得西城,则南安、天水、安定三郡可复矣。

攻西城一偏僻小城,无异于探囊取物耳。

孔明

短短一炷香时间,探子竟十次飞马来报,司马懿亲率十五万大军趁火打劫来了,可恶! 可恨!

且看身边这帮官员,尽皆失色。养兵千日,用兵一时。只怕此刻是用不上了。

罢罢罢,且用身家性命与其赌上一赌,求人不如求己。

上城去。兵法云,知彼知己,百战不殆。且看司马匹夫如何叫阵。

司马懿

早有细作回报,说西城县眼下成了一座空城,哈哈哈,都说祸不单行,福无双至,我司马懿今日是要四喜临门了,先得街亭、柳城,眼下西城唾手可得,三郡又如何逃得出我掌心?

天助我也。此战毕，我司马父子在朝中声威鹊起，看谁敢再反对我等！

不过，想那孔明绝非等闲之人，西城只怕是一场恶战，比不得街亭那么轻易得手吧。

孔明

登城一望，果然是尘土冲天，旌旗招展，红日昏暗。好你个司马匹夫，此番想必吃定老夫了。

只怕你没那个胆量吧，须知我孔明也不是等闲之人。

来人！传令下去，旌旗尽皆隐匿，诸军各守城铺，如有妄行出入者及高声言语者斩之。再开四门，每一门用二十军士，扮作百姓，洒扫街道。如魏兵到，不可擅动，本人自有妙计。

有什么计呢，一座空城而已，就叫空城计吧。

司马懿

怪了。

蜀兵竟开门揖盗，是何居心？大兵压境，城头不见一兵一卒，莫不是不战而降？慢着，这西城将士只怕得了孔明锦囊妙计，赚我入城，再来个瓮中捉鳖吧！

哼哼，当我司马懿是那有勇无谋之辈了，且看他如何动作。两军对垒，好歹有人出来搭个话吧，察言观色可是我司马懿的强项，不怕你不露出破绽来，哪怕是蛛丝马迹，我也能顺藤牵出瓜来。

且看你如何言语。

孔明

童儿，且与我披上鹤氅，戴上华阳巾。

一切打扮停当，再与我将琴抬上城楼，焚香迎敌。虚者实之，实者虚之，虚虚实实，看你司马匹夫如何处之。

司马懿

前军来报，说孔明那厮端坐城楼，焚香抚琴，城门洞开。且待我亲自观望一番，这老儿是被马谡气破了胆，乱了心神吧，大敌当前如此作态？

乖乖，孔明老儿还真悠闲呢，居然笑容可掬，左右各一小童，一捧宝剑，一执拂尘。看那洒扫街道的百姓，竟也旁若无人。哼，故意向我方暗示杀机四伏吧，哄鬼，鬼都不信。

孔明

司马匹夫一定是在暗自揣测老夫的心思吧，其实以他的聪明才智大可以放手一搏的，纵不能胜，也不至于败吧。

看他二子司马昭的架势，已是跃跃欲试了呢！想不到，我诸葛卧龙会命悬西城，正所谓，龙栖沙滩遭虾戏，虎落平阳受犬欺啊！先帝啊，只怕是天将灭蜀了，都说人定胜天，可那只是说说啊，天意不可违呀！

司马懿

昭儿实在太多嘴了，看孔明那番阵势，谁都晓得是一座空城了。

问题是,我司马氏好不容易复出,若一旦擒了孔明,天下便无令魏主忌惮之人,魏主还留我在朝中做甚?

卧榻之侧,岂容他人酣睡,想想曹叡那阴毒的目光,再加上曹芳、郭淮的忌恨,只待此城一破,他们就该磨刀霍霍了!

还想把我司马一家打入地狱,没门儿!

三军阵前,我就输一次脸面又有何妨,谅那孔明老儿羸弱之躯也撑不了多久,他日我羽翼丰满之后,别说区区一座西城,天下少不得也姓我司马了。

孔明

司马匹夫果然是深知进退之人,惭愧,今日借他之手合演一段双簧,日后明理之人一定会得出这样一个结论,谁笑到最后,谁就是最大的赢家。

看来,司马匹夫真的是志在天下了。

眼下,我且先笑他一笑,毕竟在凡夫俗子眼里,司马匹夫还是稍逊我孔明一筹的。英雄出乱世,赢得生前身后名吧!

司马懿

虚虚实实,真真假假,就让孔明老儿在台前风光吧,他日我司马家面南背北之日,才显我真正英雄!

空城——我太需要这样一座空城了——容我操练兵马,容我叱咤风云的空城啊。

细 腰

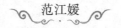

范江媛

细腰不大喜欢楚王,楚王却喜欢细腰。

楚王已经老了,总是爱睡觉、流口水,还时不时错把细腰当成别人。最让细腰头痛的是楚王最爱让细腰抱着他的臭脚丫睡觉。细腰的两个温热细腻的乳房就成了楚王的暖脚炉,无论寒暑,都得任凭楚王的两只臭脚搓来揉去。

就这样楚王越来越离不开细腰了,楚王有了细腰在身边莺歌燕语,就觉得自己不会再老下去了。

但是细腰很淘气,她不喜欢夜夜抱着一双臭脚丫,于是她就想了一个办法,把楚王赏赐给自己的珠宝送了几件给一个侍女,然后让这个侍女抱着楚王的臭脚丫子睡了。

细腰跑到花园深处,用最香的花瓣搭身子。细腰心想,人人都说我美,可是我却只能守着一双臭脚睡觉,这真不公平。细腰一想到这里,心就飞到了江南的田野。她突然觉得自己竟然没有跟踏青时在清溪边遇见的男子说上一句话,就被人送进了王宫,实在没有多大意趣。

细腰叹了口气,决定在楚王睡醒之前自己就睡在花荫下的石板上了。细腰睡了很久,竟然忘记了在楚王醒来之前回去抱住他的臭脚丫,等她在花园里醒来的时候,已过了楚王吃饭的时间。细腰害怕极了,为了讨楚王的欢心,她采了许多玫瑰花决定送给楚王。细腰在春天的花园里面穿梭,摘着她认为最美丽的玫瑰花,当她采到最好的玫瑰花的时候,她就很快回到楚王的身边。

其实楚王早就醒了,他对着身边的侍女说:"爱妃,本王就要死了,在死之前你可以提任何一个要求,本王一定满足你。"

站在阶下的细腰愣住了,看来楚王早就糊涂了,不认识她了。

细腰有点儿伤心,也说不准是为什么伤心。她几乎是流着眼泪跑过去,又重新抱住了楚王的臭脚丫。她记得楚王曾经对她说过:"在王宫里面没有爱,但是本王爱你。"

细腰抱着楚王的脚,她说:"楚王,细腰只有一个要求,就是想回家做一个江南的民女。"

楚王的头点了几下就耷拉下去了,细腰哭了,她觉得自己嫌弃楚王有点儿不应该。

楚王的身体越来越坏了,王侯大臣都乱成了一团糟。王后来看望楚王的时候,细腰还抱着楚王的臭脚丫,王后请完安就皱了皱眉走了。王后走后,楚王就问细腰,她是不是盼望本王早点儿死?细腰摇摇头说,不知道。

就这样王后和众妃子们来的次数越来越多,她们中的很多人在楚王面前跪着哭,什么话都不说。她们不但自己来,还带着皇子一起来。楚王看着这么多的人走马灯似的来来去去,不动声色。

细腰是个天真无邪的姑娘，她只想照料好楚王，等楚王死后回江南做一个普通的民女，过自由自在的生活。

有一天王后来了，她向楚王请完安，就悄悄把细腰带到了自己的宫殿里。她问了细腰很多话，细腰都一一答了。后来王后说："这么美的一个女孩子，也真是难为你了。"说完，王后竟然还掉了几滴眼泪。

细腰有点儿可怜她了，她忍不住安慰了王后几句。

王后说自己心口痛得厉害，想请细腰为自己摘几枝莲花来当药引子。细腰就去了，当时的花园里阳光很灿烂，细腰在莲花池边竟然遇见了一个男子。他英俊又年轻，细腰站在他的面前不知道该如何才好，她觉得心里面像是揣了一只兔子，突突突地乱跳。细腰急忙低下头转过身想逃，却被男子拉住了。他对细腰说："你真美。"

细腰用力抽出身子想跑，却被他给抱住了。细腰突然就不想跑了，她觉得自己年轻的身体里面着了火，这个年轻男子是那么甜蜜、体贴又挺拔。细腰手中采的莲花都纷纷落到地面上了。

从这一天起细腰的心里住进了这个男人，她见了他想他，见不到他就更想他。年轻男子总是喜欢问细腰有关楚王的事情，细腰也总是想尽办法替他打听到。年轻男子几乎占有了细腰全部的温情。她常常偷跑到花园里和年轻男子约会，细腰想他都想得快要疯了。她不能不见他，于是就一次次地去见。

不久细腰竟然怀孕了，楚王知道了勃然大怒。他严刑逼迫细腰说出奸夫来，细腰咬紧牙关不说话。她选择了爱，她觉得她有爱就什么都不怕了。

这时候王后身边的太子说话了，他说："父王，如此淫妇为祸后宫，应从速处死。"沉默良久的王后也这样说了。

细腰受刑的时候对太子笑得很凄凉，太子似乎根本不认识她了。

细腰最后看了一眼太子，就把洁白的脖子伸进白绫里面去了。

曹操与文姬

范江嫒

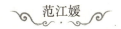

其实曹操只对一个女人好过。

她就是蔡文姬。

许多美丽的女人在华美的铜雀台上使尽了浑身的解数，也没有让曹操真正地动心过。身在美女舞乐当中的曹操还是时时会失落。他看着摇曳的烛光，竟然不止一次地想起向老师蔡邕求教时遇见的老师的女儿蔡文姬——她的博学与才艺让曹操魂牵梦萦。

后来曹操派人多方找寻才知

如今在南匈奴的漠漠黄沙中，文姬梦里梦外都流着思乡的泪。

曹操想念她了。他很果断地派人用黄金千两、白璧一对从千里迢迢的南匈奴，赎回了流落胡地的蔡文姬。

当夜，曹操手捧着《胡笳十八拍》大声诵读起来。文姬就

如同他内心深处颤抖的露珠,他情不自禁地关心起她来,他开始考虑如何安排文姬今后的生活。曹操几乎彻夜未眠。

最后曹操将文姬嫁给了年轻有为的屯田校尉董祀。

年轻英俊的董祀总认为文姬年老色衰,但他又不敢违抗曹操的命令。他终日在外欢会别的女子,以至于到了玩忽职守的地步。夜夜孤守青灯的文姬仍旧咽泪装欢,以默写父亲的藏书为乐,成为一尊沉默的石头。

那天当文姬向曹操献上自己默写的藏书时,欣喜若狂的曹操未等文姬进门,就光着脚迎出了大帐,亲手接过文姬手中的书卷,又是赞叹又是怜惜。两个人一同走进大帐。曹操对文武百官说:"卿等今日有幸一见才女蔡文姬。"曹操有心要让这个命途多舛的女子当众一展才华。落落大方的文姬应诺而起,她一边手击胡笳,一边唱起了《胡笳十八拍》。歌声如同边风羯鼓声声撼人魂魄,催人泪下,在座的文武百官个个动容,唏嘘不止,曹操也情不自禁地击掌相和。文姬唱到伤心处已是泪流满面,她想起了远在胡地的一双小娇儿,又想到了如今日夜不归的丈夫董祀……

曹操明白了文姬的愁怨,问侍从:"董祀近日都做些什么?"侍从小心地回答:"只是日日在外饮酒。"曹操不信:"他只是饮酒?"侍从一听赶紧跪下说:"小人不敢欺瞒,董祀不但日日饮酒,还与歌姬日夜寻欢。"曹操一听不禁眉头紧锁,眼前再度出现了文姬的愁容。

不久,董祀因耽于声色而犯下重罪,曹操命令:"传董祀。"

董祀听见魏王要见自己,急忙套上衣衫,匆匆入帐见曹操。此时曹操一脸怒气,看到衣衫不整、失魂落魄的董祀,气就不打一处来。他并不看董祀,只看案头的公文,董祀连说了三遍"罪臣董祀拜见魏王",曹操才抬起头扔掉手中的笔说:"你身为屯田校尉,胆敢日日寻欢作乐,玩忽职守,推出去斩首!"董祀一听吓得魂飞魄散。帐中的几个文武官员也替董祀求情道:"请魏王开恩饶了董祀性命,让他戴罪立功。"

没想到曹操大喝一声:"推出去斩首!"刀斧手闻令立刻将董祀推出帐

外。蔡文姬听到了这个消息，不顾大雪严寒，披头散发、光着脚跑了进来。文姬见了曹操，跪在地上忍不住声泪俱下："求魏王念在贱妾流落胡地十余年，孤苦无依的分上，饶了董祀吧。"说完伏地痛哭。

曹操见此情形，急令左右拿来棉袍鞋袜为文姬穿上，无奈地说："奈何董祀已赴死地，恐难追回。"

文姬凄切地说："只求魏王快马一匹，便可免其死矣！"曹操搀扶起文姬，最终还是派出快马一匹，追回了断魂刀下的董祀。

从刀口下得生的董祀深感羞愧，他感念文姬的大度宽容，于是请求和文姬一同隐居山林。对于这个请求，曹操竟慨然允诺。多年以后，曹操路过文姬夫妇隐居之地的时候，还亲自去看望他们。

文姬送曹操远去的时候不由柔肠百结。

终于有一天曹操沉疴不起了，他叫来儿子曹丕，叮嘱了两件事情：一件是立曹丕为王；另一件事是让铜雀台上的女人们不必为自己殉葬，并将自己平生珍藏的奇香一一散发给她们，叮嘱她们要靠做针线活儿来养活自己。

在一个春天的夜晚，铜雀台上走来了一个女人，她独自端坐在月光下手击胡笳，对着一轮皓月唱起了那支《胡笳十八拍》。

女人将曲子唱得摧肝裂胆，声声啼血。

这一天是曹操的祭日。

伎 俩

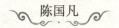
陈国凡

  王钦若任三司使时，有部下跟他说，将奏请皇上减免百姓的钱粮款，他们实在太贫困了，根本负担不起。王钦若当面阻止说这事得谨慎，急不得，暗中连夜命人核算好这笔款项，翌日，即以他个人名义抢先疏奏宋真宗赵恒，还说这是皇上收取民心的大好时机。赵恒大喜，即日下令减免钱粮一千多万石，并释放囚犯三千余人。经此事，赵恒对王钦若刮目相看，召为翰林学士，后又授左谏议大夫、枢密使，王钦若位列朝廷重臣。

  在朝堂上，众臣有事则持笏上奏。总会有和皇帝不一致的时候，有时还惹得皇帝很不开心，甚至龙颜大怒。但王钦若不会。每次上朝，他都怀揣几份事先备好的奏章，遇上赵恒赞成的，他就拿出，毕恭毕敬地呈上；遇上赵恒反对的，他就不动声色，把相应的奏章藏着掖着。所以，王钦若总能让赵恒心情舒畅，龙颜大悦。王钦若很快坐到了参知政事(副宰相)的位子。

  赵恒喜欢舞文弄墨，心情好或是空闲时，经常要和众臣探讨诸如诗文、典故之类的问题。人总有忘记的时候，可这个王钦若就像是个神人，每次问及，没有答不上来的。不光赵恒称奇，众人也觉得不可思议。秘密只有他自己清楚：王钦若买通了负责赵恒日常起居的近臣及侍读，对赵恒每天读什么书，甚至读到书的第几页等都了如指掌。他能不对答如流吗？

　　某年春节,东京连降大雪,赵恒以为吉祥,心情大好,诗兴大发,遂召集能吟诗作赋的文臣搞了个诗会,王钦若也在其中。诗会上,赵恒作了首诗《喜雪》,并高声朗读了一遍,众臣皆称善,赵恒很是得意。

　　会后,晁迥对王钦若说:"皇上的《喜雪》诗有一句用错韵了……"

　　王钦若一琢磨,这个晁迥说得对呀,皇上还真用错韵了。咋办呢?王钦若晃了晃小脑袋,摸了摸脖子后的那块肉疙瘩,就有了主意。他把晁迥拉到偏僻处,问可还有他人知晓此事。

　　得知无人后,他很认真地对晁迥说道:"晁大人哪,这事千万不可再让第三人晓得了,要是传到皇上那儿,皇上必龙颜大怒,到时你我都要吃不了兜着走,切记切记!其实,皇上作诗用韵无所谓对错的。皇上不比你我常人,皇上是真命天子呀,你说是不是?"

　　晁迥点头不止。看王钦若远去了,他才擦去额头的汗水,心有余悸道:"好险哪,幸亏只跟王大人说了此事。"

　　晁迥却不知那王钦若跟他辞别后,立马找赵恒去了。

赵恒一听自己的得意诗作竟有一处用错韵了，似乎没有不高兴，还表扬了王钦若一番，说他敢说真话，不像众人那样只会迎合。

翌日早朝，赵恒当着所有大臣的面狠狠地表扬了王钦若。赵恒说："昨天朕一不小心加上一高兴，作的诗《喜雪》有一处用错韵了，幸好事后王爱卿给指了出来，要不将来此诗流传天下，还不被读书人笑话？所以朕得感谢王爱卿。"

众臣都表示将以王钦若为学习榜样，提高自身涵养，心里却满是羡慕嫉妒恨。

没想到事情会是这样，晁迥目瞪口呆，他真想当场把事实和盘托出，却没敢，只在心里骂道：王钦若，你个王八蛋！总有一天我要把真相告知皇上，到时够你喝一壶的！

作为知制诰，晁迥不时有和赵恒单独见面的时候。机会说来就来了。

那天，就只有他俩。晁迥看赵恒心情不错，就把那事的前因后果来龙去脉，一五一十原原本本地对赵恒说了个底朝天，说到动情处，还声泪俱下："想不到哇想不到，这个王钦若竟会是这样一个小人，陛下不该如此重用他呀……"

赵恒越听心情越糟，脸色也越来越难看。

"既然你当时就发现了，为什么不给朕当面指出，却要在背后和人乱说？背后乱说倒也罢了，别人好心给朕指出，你非但不谦虚地学习，还鼠肚鸡肠，很不服气。不学习不服气倒也罢了，现在竟敢颠倒黑白，把别人的功劳据为己有。对了，朕问你，如果事情真如你所说，为何那天早朝朕表扬王大人时，你不当场说明？嗯？朕看你才是小人。还有，你竟敢指责朕用人不当。要说朕用人不当，那就是用错你了！"赵恒越说越气，脸涨得红红的。

晁迥惊呆了，跪伏于地，不敢抬头。

可惜了朕今天的大好心情啊。赵恒拂袖而去。

王钦若听说这事后，鼻子哼哼道："真是书呆子，不知深浅。"

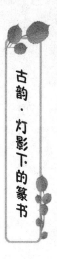

隐者王冕

陈国凡

"凡桃俗李争芬芳,只有老梅心自常。"题完墨梅画上的这几个字后,王冕把笔一丢,好不畅快。

自打离开都城大都后,王冕就隐居在家乡浙江诸暨的九里山中,这里风景秀丽,宜居宜养。王冕自号"煮石山人",开荒种粮,栽竹植梅,躬耕垄亩,自食其力,劳作之余,就吟诗作画,画梅,画荷,也画竹。他喜欢梅的傲骨,荷的圣洁,竹的节操。

这种远离尘世的田园生活每每让王冕舒心不已。可是这种舒心的日子有一天被打破了。那日,来了一人,见了王冕,躬身施礼道:"我乃朱元璋将

军的使者。将军久慕先生大名，特派小人前来，恭请先生下山，共谋大计。"

王冕眉头一皱，道："我乃一介布衣，无德无才，且早已不问世俗之事，恐要让朱将军失望了。"

"不急，请先生再考虑考虑，我明日再来。"来人遂告辞。

翌日，使者再来时，但见屋子空空，王冕早不知去向。几日后，王冕的新屋前又响起了敲门声。王冕假装没听见。

来人大声说道："先生，让我好找啊。我知道先生在里边。"

屋里仍是毫无声息。任凭使者如何劝说，如何哀求，王冕就是不开门。

天很快暗了下来。王冕以为使者走了，小心地开了门。门口果然空无一人。王冕大喜，回屋拿了东西，疾走。没想刚转过一小山冈，呼啦啦，一大片火把骤然亮起，天空也一下子明了起来。

王冕大惊，转身欲走，忽闻一声："先生哪里去?"直入耳鼓。

王冕不由就立住了。王冕闻声望去，但见山冈上赫然一人，一身戎装，浓眉大眼，阔面长耳，气宇轩昂，好不威风!

王冕浑身一颤，莫非此人正是朱元璋? 那人似乎看透了王冕的心思，笑道："我就是朱元璋。先生好难请哦。古有刘备三顾茅庐事，先生也该随我下山了吧?"

"下山，下山……"将士们齐声高喊，一遍又一遍。漫山遍野同一个声音，响彻云霄。王冕只得随行。

朱元璋大喜过望，刚回军营，便大宴宾客，为王冕接风。朱元璋举杯来到王冕跟前，亲自为他斟满酒，恭敬地说道："先生归我，胜于十万大军，朱某幸甚，幸甚哪! 请先生干了此杯!"

"干了吧! 先生，干了吧!"文官武将都如是说。

王冕只得干了杯中酒，心中却一缕悲苦袭来。此刻，王冕忆起了先前身在尘世的那些日子。

想自己少时家境穷苦，白天放牛，夜晚则灯下苦读，孜孜不倦，被誉神

童。稍长后更是学富五车,能书能画,人称通儒。科举却屡试不中,对于黑暗现实,耳濡目染,从此永绝仕途,浪迹江湖。他也曾游历都城,写诗作画,声名远播。求诗索画者,络绎不绝,礼部尚书荐以翰林院官职,坚决不就。只因在一幅墨梅画上题了诗句"冰花个个圆如玉,羌笛吹他不下来",被诬为影射朝廷,险遭人陷害,只得悄然离京,从此隐姓埋名,隐居家乡九里山,过着避世遁迹的隐者生活。

只怪那时自误入歧途,徒费光阴啊。王冕感慨万千。可惜,刚过了几年舒心的日子,就轻易地被这姓朱的给搅了。朱元璋给了王冕一个咨议参军的官职,相当于军队顾问。一听到唤他王参军,王冕心里就窝火,就苦闷。白天,眉头紧锁成个川字。晚上,做梦,梦里全是以往在九里山的快活日子。王冕就整天吃吃喝喝,啥事不干。朱元璋很是恼火,却又不好发作。谁叫他是自己请来的呢?

一日,朱元璋来到王冕下榻处,看着王冕的眼睛,一字一句地说道:"吾上应天命,下顺民心,举义旗,兴义兵,讨诛逆贼,匡复天下。一时四方响应,文武英雄,尽来归顺。你也理应闻风而动,兼程来归。可你却隐居山林,烦我三请。今虽归吾,却心不在焉,是何道理?先生总不如诸葛孔明吧?"

王冕回道:"久闻将军威名,远甚于当年刘玄德。然昔日唐尧德泽布天下,仍有许由颍水洗耳之事!人各有志,将军何必苦苦相逼呢?我久居山林,不问世事久矣,在此,徒损将军威名,徒碍将军大业。还望将军早遂我愿,放我回去。"

朱元璋突然从跟随的侍卫腰间拔出宝剑,架在王冕脖子上,厉声道:"难道先生不怕我杀了你?"

王冕毫无惧色,答:"那是将军的事。"

朱元璋终究没有加害王冕。王冕得以重归九里山,只是从此郁郁寡欢,终成病疴,不治而亡。

后来,朱元璋建立了明朝,想起了王冕,就差人来寻,才知王冕早已过

世。朱元璋长叹一声，道："也好，此人虽没为我所用，但也未被他人所用，幸甚！幸甚！"不几年，朱元璋对开国功臣大开杀戒。

想起了当年王冕誓死不从朱元璋，暗地里，世人都说："远见啊！幸甚幸甚！"想起了王冕的早死，暗地里，世人又说："幸甚！幸甚！"

一匹三脚马

吕啸天

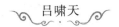

秦穆公历来喜爱良驹。他不止一次对身边的大臣说："名将、宝马都是图霸的利器，若能寻找到千里马，寡人不惜一掷千金。"

秦穆公的贴身侍卫欧冲说："大王，臣听说赵国最近出了一匹千里马。此马骨骼健壮，毛色似雪，故称白云驹，可日行千里，夜行八百，可称千里马之王也。此马的主人姓何，是赵国商人。他用千匹普通马的代价，从一位相马者手中换回白云驹！"

"世间竟有这等宝马？"秦穆公很神往地对欧冲说，"你带上千两黄金，速去赵国，不管付出什么代价，都要把白云驹带到寡人身边来！"

欧冲来到赵国，对商人转述了秦穆公的求马之意。赵国商人面对千两黄金，心有所动，但一时还有些犹豫。欧冲再打听，知道这位商人除了喜爱良驹外，还喜爱美姬。于是，他取出百两黄金买来十位美姬送到商人府上，商人这才让欧冲遂了心愿。

欧冲回到咸阳时已是三更时分。秦穆公得知求马成功，高兴万分，连忙来到御马场观看白云驹。他抚摩着骏马的脊背，高兴得连连说："真是一匹好马！"

为了证实这匹马是否真如传闻所说的可日行千里、夜行八百，秦穆公当

即传令两位将军分白天和夜里进行试马。试马结束后，两位将军回禀："白云驹可日行一千一百里，夜行九百里。"

秦穆公大喜："此马可谓百年难遇的良驹！"他传令按百匹马的给养标准饲养白云驹。

御马场的人却一脸愁容地对秦穆公说："白云驹不吃不喝，躺在地上直喘气。"

秦穆公传医生为马诊病。医生来到马棚，只见白云驹前左腿不停地打颤，身上灼热似炭。原来，此马日夜兼程从赵国来到秦国，尚未调养又日奔夜行，加上水土不服，染上疾病，前左腿骨已部分坏死。如果要白云驹活命，那就必须把前左腿截掉。

秦穆公一听非常生气，说："良驹失去一条腿，那不成了废物？"

他令人把医生打了一顿，又传令另一位医生前来诊病。

这位医生的诊断结果还是一样，而且还很坚决地说："必须马上截去病腿，否则此马性命不保。"

秦穆公有气无力地挥了挥手说:"截掉吧!"

千两黄金购回的良驹转眼竟成了三脚马。秦穆公担心此事传出去遭人耻笑,就寻思如何处置此事。

欧冲说:"悄悄拉到城外,把这匹马活埋掉。"得到允准后,欧冲换了一身便服,把白云驹装在马车上拉出城外。

黄昏时分,马车缓缓驶出城关,一位三十岁出头、书生模样的人对欧冲说:"请问,马车上这匹马卖不卖?"

欧冲一听来了兴致,说:"此马只有三条腿,你真的要买吗?"

"此马是我梦寐以求的好马!"青年人对欧冲说,"你开个价吧。"

欧冲想捉弄这个青年人,就信口说:"一百两黄金!"

青年人说:"兄台请等等我,我这就去取。"

欧冲半信半疑地坐在城关下的茶肆喝茶。茶肆伙计告诉欧冲,那青年名叫孙阳,是咸阳城的私塾先生,教书之余喜欢相马。咸阳城有一位富人梁尚亦喜良驹,一日用二百两黄金购得一匹火龙马。为炫耀其眼力和富有,他骑着宝马游城。孙阳看了那马一眼说:"高大俊伟,确是良驹。只是此马体质先天不足,不堪劳顿,徒有虚名而已。"

梁尚一听,大骂孙阳信口雌黄,孙阳却含笑离去。梁尚骑马环城一周,返回途中,火龙马竟累得趴在地上。梁尚又惊又气,尴尬万分。猛然想起孙阳的评价,惊叹此人相马之功力。于是,他虚心向孙阳求教。

孙阳说:"火龙马外观高大俊伟,定是名马之后。只是母马生火龙马时已经老迈,导致其体力先天不足。"

梁尚派人回去打听,证实生火龙马的母马确是当地有名的宝马。生火龙驹时,那匹宝马已到垂暮之年。梁尚心悦诚服,有空儿常常向孙阳求教相马之术。

欧冲在茶肆等了一个时辰,才见满头大汗的孙阳手提银两急急赶来。孙阳很抱歉地对欧冲说:"兄台,在下家中清贫,无法拿出百两黄金。到处告

借,才凑足了这笔银两。"

欧冲把三脚马拉到了孙阳的家中。一路上,孙阳不断抚摩着白云驹的脊背,那神情好像得到了世间珍宝。

欧冲回宫向秦穆公禀报了孙阳用百两黄金买走三脚马之事。

秦穆公又奇又疑,说:"用百两黄金买一匹废马,这又是为何?"百思却不得其解。

几年之后,秦穆公已经淡忘这件事的时候,欧冲兴冲冲地跑来告诉他:"咸阳城出了一匹宝驹,名赤兔马,真正的日行千里,夜行八百。此马的主人正是用百两黄金购买三脚马的孙阳。"

秦穆公很惊讶地问道:"孙阳从何处得到赤兔宝马的?"

欧冲感叹道:"当日孙阳用百两黄金购买了白云驹,那是因为他看重白云驹作为宝马的名马血统。白云驹虽丢了一只脚,不能飞跑,却可作为种马。孙阳得到白云驹后,精心饲养,待白云驹恢复健壮的身体后,孙阳找来母马与之交配,产下的马就是这匹赤兔马!"

"孙阳真可谓当世相马奇才!"秦穆公传令封赏孙阳黄金千两,称其"伯乐",专职为秦宫相马。

萧何避祸

吕啸天

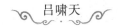

　　淮南王黥布于半年前发动叛乱，攻掠了汉中的十座城池。急报传来，高祖刘邦率兵五十万御驾亲征，丞相萧何监国。几仗下来，刘邦依靠优势兵力占了上风，黥布军队退踞汉中狼头山。为绝后患，刘邦进行围剿，可平叛之战已有年余，仍未如愿班师回朝。

　　两军交战，粮草至关重要。留守关中的萧何集中力量进行粮草的筹集。萧何体谅百姓之苦，不忍心靠增加税赋来实现筹集军粮的目的。他推出了垦荒扩种的办法，把狱中的犯人也带到山地开荒，种上高粱、玉米，犯人垦荒超过十亩地可获减刑。萧何在农忙时节也下田耕种。关中城北的北峰山经过垦荒成为一个大粮仓。军粮筹集到了，萧何也赢得了百姓的拥戴。

　　这日，萧何处理完户部紧急公务回到相府已经是深夜了。关中的冬夜很冷，萧何清瘦的脸在夜色中显得更加憔悴和苍老。

　　萧何进入后院，衣服未换，就急急地去看管家萧安的病情是否有所好转。

　　萧安是五年前来到相府的。他已年近六旬，人生经验非常丰富，把相府的日常事务处理得井然有序。萧何对这位老人感激而倚重。

　　半个月前，萧安偶染风寒，一病不起。相府的医生用尽汤药，病情未见

起色。萧何报吕后恩准,请来太医诊治,服了几十服药,萧安依然整日昏睡。

萧何感到萧管家这次生病非同寻常。他一刻也不敢再耽误,请来关中地区的名医到府上为萧安治病。但萧安依然没有好转的迹象,时而清醒,时而昏睡。

萧何进入萧安的房中,昏睡中的萧安微微睁开了眼,轻轻地说:"老爷,奴才染病不能服侍您,还让您记挂,奴才心中感激您。"烛光下,萧安的眼角闪动着泪光。

萧安说:"老爷,您可知道,一场大祸正在逼近老爷?若避之不及,将遭灭族之灾!"

萧何大惊道:"管家何出此言?"

萧安咳了一声说:"奴才听说高祖做出御驾亲征决策之前犹豫不决。他既担心前方的叛军,更怕有人趁他离开关中之时拥军自重。"

萧安喘了喘气又接着说:"高祖最担心的人自然是老爷您!老爷最先入主关中,深得百姓拥戴。此番高祖平定叛乱,老爷亲自垦荒,又体恤百姓,夜以继日操劳国事,尽职尽责。但您已高居相位,官位无法再升迁了。而您深得民心,皇上不疑心您有更大的野心吗?"

萧何紧紧地握着萧安的手,说:"老管家一语中的,请问老管家有何良策?"

萧安说:"自污!"

萧何于第二日正午带着十名相府随从,来到关中城南的龙城钱庄对王掌柜说:"相府后花园须重修,但萧某已无余款,须向王掌柜借三百两黄金,而且是无息借钱!"

王掌柜面露难色说:"丞相,钱庄就是靠利息维持生计的,无息借款,这……"

随从怒道:"丞相借钱,还要谈利息吗?"

王掌柜无法,只好借出自开钱庄以来第一笔无息银两。

萧何一走，王掌柜破口大骂："萧何依靠丞相的权势强行借钱！"

没过几日，全城都知道萧何强行借钱一事，百姓对他的好感慢慢减弱了。再过几日，在汉中的刘邦也知道了萧何为重修后花园强行借钱招致民怨的事，他笑了笑对侍臣说："丞相也懂得敛财了！"

再过半月，萧安病逝。萧安弥留之际，对萧何说："丞相，告诉您一个秘密，奴才知道您不会起兵夺权，而且您也不要有这个想法，即使有此想法，您也不会成功。因为皇上安插了很多耳目在您身边。奴才就是皇上安插在丞相身边的耳目之一。"

萧安说完，闭上了双眼。而萧何闻言，却睁大了双眼。

天 命

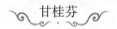

甘桂芬

我一个人躺在宫里，已经派人去请赵书记了，宫人们也都出去了，我想一个人静一静。

我今年六十岁，刚好一个甲子。宁做太平犬，不做乱世人。我这一辈子都是在乱世中度过的。唐末以来，兵戈不息，民心思定。我只恨自己不是男人，不能骑马挎枪去终结战乱纷争。

我不能改变自己，但能造就儿子。从小，我就说他跟别的孩子不同，出生时有香气盈室，是上天派来拯救苍生的。

孩子不信,我逼着他信。大丈夫生于乱世,若不能救国拯民,生复何为?孩子没有辜负我,成年后在郭威军中效力,以武艺胆略超群得到提升,尤得柴荣信赖。世宗即位后,他随之南征北战,屡立战功。世宗为五季英主,对北抵御强敌,对南威服诸国,对内革除武人专政,天下太平眼看着就要在他手里实现。

可惜世宗早逝,主少国疑,点检做天子的传言流布甚广,匡胤顾虑名节,向我讨计。

我说:"世宗壮志未酬身先死,试看今日之宇中,谁能定四方安百姓?一旦天下落到朱温、石敬瑭之流手中,岂不令生灵涂炭?你唯有挺身自立,救民于水火,创万世太平,方能实现世宗遗愿。你谋的不是一姓之私,谋的是万姓福利。"

匡胤终于下了决心,兵变按计划进行。他率军北征前,劝我带家人出去避一避。我断然拒绝。天将降大任于我儿,是赵家荣耀,也是苍生之福。若上天不佑,我岂有独存之理?

次日一早,陈桥传来消息,一切如愿,城里秩序俨然,唯独遭到韩通抵抗,韩氏被王彦升斩杀满门。五代积习,骄兵悍将难制,我立即带人入宫,保护太后和柴氏合家安全。

帝国新造,百废待兴。匡胤亲自出征平定二李叛乱,收服人心。以儒术治国,优容文人,安抚百姓,恢复生产。为止乱防弊,强干弱枝,收束权力于中央,先南后北,进行统一大业。这孩子确系帝王之器,逐步重建社会秩序。

按理,我该放心了。可我却看到匡胤兄弟间渐生分歧。光义总以为自己本事不在哥哥之下,惯以秦皇汉武自诩,身边延揽了一批人才。国无二主。我不放心他们。多年来,赵书记一直被视为家人,如今,能托付的也只有他了。

赵书记匆匆赶来了。

我说:"赵家能有今天,你是第一大功臣。今后,无论天下大事,还是宫

禁家事,你都须多操心。老大仁厚,别人难免利用其仁厚;老二好强,未必甘于久居人下。有我在一日,他们不会把对方怎么样。我若不在了,难保他们不会兄弟相残。天下初定,万不可再生波澜。我去之后,赵家的事就全拜托你了。"

我挣扎欲向其行礼,赵书记扑跪在地,泣不成声。宫女报皇上来了,赵书记抹泪退出。

我交代匡胤:"光义年纪轻,难免受人蛊惑,将来无论犯什么糊涂,你念及手足情分,一定要给他留条生路……"

光义也到了。我拉着他手说:"哥哥自小保护你,他永远不会伤害你,你也不可……"

我还有好多话,舌头却再也不听使唤了。宫人急传太医。

我看赵普随太医进来了。我盯着他,死死盯着。

他冲着我使劲点点头,我放心了,合上眼睛。

这是建隆二年六月。

七月,赵光义为开封府尹,主持京师多年,网罗人才,培植党羽。赵书记尽力了,最终没能阻止烛影斧声的结局。

名 字

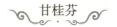

甘桂芬

我是郑起。和大多人一样，是历史的过客。后世人能在史书的字里行间看到我的名字，大约是因为我曾经的倔脾气。

显德六年的腊月，周世宗柴荣已经离去半年。他主持的北伐大业被迫中止。小皇帝刚七岁，符后初立，地位未稳。最高权力出现真空。后周王朝弥漫着主少国疑，不知何去何从的空气。

我的恩师、谏议大夫王朴是世宗非常倚重的人，他也于三个月前随先帝去了。恩师生前最放心不下的是禁军的管理权问题。

因为恩师的提醒，我开始注意那个人的行踪。没错，他外表还是那么谦和宁静。静水深流，他暗里结交文武官员，以义社十兄弟为核心结党，弟弟赵光义和幕僚赵普、李处耘为他出谋划策，制造舆论。他母亲杜夫人也不简单，常以南阳郡太夫人的身份在儿子的同僚家走动，与老实人魏丞相家过从甚密，又安排二儿子娶了节度使符彦卿的女儿，和当朝符太后攀上亲戚。

我收集了足够的材料，和右拾遗杨徽之联名上书宰相。杨徽之曾向先帝进言，但是世宗不愿怀疑自己的兄弟。是啊，跟着自己冲锋陷阵，提着脑袋搏杀的兄弟怎么会背叛自己。谁也没想到世宗年纪轻轻竟在北征途中发病。他一定是累病的。从即位那刻起，他就没有一天的轻松。他是周世宗

的内侄，以养子身份继承姑父的江山，连政治老油条冯道都敢在朝堂上讥讽嘲笑他。在最需要支持的时候，赵匡胤一直在其左右，随他征战，身先士卒。他们有共同的志向：一统天下，为万世开太平。世宗临终前把他安排到殿前都点检的位置上，不知是真的没看出他的野心，还是有意要把江山交给他，让他实现自己未竟的宏愿。

我的奏章受到了宰相重视。有人来传我去政事堂。在两位宰相面前，我以脑袋担保，自己说的句句是实。范质显然疑虑重重，但是王溥早已心中有数，极力为他辩护。我请求他们准许我面见太后。

王溥厉声呵斥我："太后也是你见的！"他们匆匆入宫去了。

后来听说韩通父子也上了奏章，太后很震惊。但是赵光义的夫人进宫见过她之后，不知怎么就把太后给哄住了。

大年初一，镇州送来边报：北汉联合契丹入侵。韩通主动请缨要带兵出战，有人诽谤他心怀异志。结果派出的是赵匡胤。

初三那天，赵匡胤率军出城，我在路上哭阻大军北上，没有人理我。是啊，我不过是个小小的谏官。可能很多人心里都有数，点检做天子的传闻不是一天两天了。

大家的沉默，也许意味着默认。说不定所有人都在怀疑，皇宫里那个七岁的孩子和藏在深宫不谙世事的年轻太后能否治理好这个危机四伏的国家。有消息说，南边几个小国面对肥沃中原早已蠢蠢欲动。野蛮的契丹人，说不准什么时候就会驱马扬鞭南下，把中原当成他们的牧场。憋屈在山西的北汉，地狭人稀，无日不渴望成为大一统的霸主。还有各方拥兵自重的节度使们，哪一个没做过称雄天下的梦。第二天一早，就听到了陈桥兵变的消息。后世有人指责，说我的奏章打草惊蛇，使他们的计划提前。我不敢苟同。他们早筹划好了，迟一天早一天不会改变结局。

这次兵变，是五十多年来王朝迭换的延续：天子，兵强马壮者为之。

和以往不同，这次兵变除了韩通一家，没有其他杀戮。听说赵点检进城前与兵士约法三章:不得惊犯太后幼主,不得侵凌大臣,不得侵掠京城。

禅代仪式在崇元殿演戏一般进行着。然后,符太后改称周太后,小皇帝改称郑王,国号由周改成了宋,住在皇宫里的人换成了赵家。周的旧臣全部留用了,拥立的功臣都得到了提拔,禁军的将领也换成了新天子的亲朋故友。其他的一切照旧,连卖米卖菜的都没受影响。甚至韩通,也被定义为误杀,新天子追赠他中书令,优礼厚葬。

这场政变未伤害大多数人的利益,所以京城百姓说:"谁做皇帝关我什么事?只要能多减免一些赋税,别让契丹人再杀过来烧杀掳掠就好。"

我像后周的大多数旧臣一样,在短暂的不适应后,开始对新皇帝俯首称臣。而我的名字,再也没有在史册里出现过。

龙 女

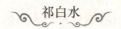

祁白水

柳毅途经泾阳的时候，天突然阴了下来。马受了惊似的一阵疾行，又猛地立住。柳毅正觉怪异，突见一位女子，正在路边牧羊。虽是风鬟雨鬓，乱头粗服，但粗服不掩国色，凄艳动人，让人莫敢逼视。看到柳毅，牧羊女愁怨期期，若有所待。柳毅不觉上前探问。

原来是龙女，要他带一封家书。柳毅听她说得凄惨，一口应承下来。行前，柳毅心下一动，回视龙女，说："回到洞庭，可不要躲着不见哟！"

言罢，绝尘而去。

柳毅一到家，就去了洞庭湖畔。按照龙女的嘱咐，来到那棵大橘树前，解下自己的绦带，系以卵石，叩树三发，即有一武士自水中跃出，引为前驱；手指所向，辟水成巷，瞬息之间来到龙宫。

龙君看完了信，大恸，哭泣道："唉，都是我的错哟！"

把信交给龙后，龙后看了更是伤痛欲绝。一时间，宫中一片恸哭。

龙君竟勃然失色："哎呀，小点声！小点声！让钱塘听见，他那火炭脾气还了得！"

话音未落，只听一声呼啸，天崩地陷，宫殿摇摆，电闪雷鸣，风雨大作，一条赤龙冲天而去！

龙君扶起跌在地上的柳毅，说："不要紧，这是钱塘救小女去了。"

转眼间，雨过天晴，风和日丽。龙宫内管乐袅袅，笑语盈盈。千万花中侍女星星捧月一般拥出一人，明眸皓腕，轻步姗姗，光彩动人——是龙女！

龙君笑视柳毅："小女回来了！来，快来见过恩人！"

龙女趋前为礼，顾盼之间，若嗔若喜；零泪如丝，愈增娇艳。

正在宴饮，钱塘龙君也来见礼，说："侄女所嫁非伦，遇人不淑，在婆家受尽虐待，竟被流放僻野牧羊，要不是义士传书，恐怕就要葬身荒郊啦。多谢义士救我侄女。来，我敬你一杯！"

喝着喝着，就喝多了。

钱塘君宏声亮嗓，颐指气使起来："柳义士，常言道，猛石可裂不可卷，义士可杀不可辱！我有句话同你商量，你如允可，咱们一拍两好，如不允诺，那就少不得都要难看！"

这个钱塘君，不是自相矛盾吗？柳毅笑了，说："您尽管说。"

钱塘君说："好！你看我侄女怎么样，还配得上你吧？"

柳毅一听，肃然变色道："钱塘君说的哪里话！刚才见您跨九州，怀五岳，赴人所急；断金锁，掣玉柱，蹈人所难。对仇人，冒死去雪恨；对恩人，又舍命来报答，您真是大丈夫！怎么说出这样的话来！难道您没听说过'三军

可夺帅,匹夫不可夺志'的话吗?此事万难从命!"

钱塘君唯诺,酒一下子醒了大半。

第二天,柳毅辞别。龙宫上下齐集,为柳毅送行。当此之际,龙女幽幽期期,若有所失,又有所待,欲言又止,不胜依依。柳毅亦大有叹恨之色。

柳毅回家,鬻卖龙君所赠珠宝,成为望族,一时富敌王侯。但连着娶了几室夫人,不到半年,都去世了。后来又娶卢氏为妻。新婚之夜,柳毅见了新娘大吃一惊:"这么像!该不会是龙女吧?"

就和妻子说起当初传书的事,念兹在兹,至今不忘。

妻子笑了:"这可能是上天的安排,我就是龙女呀!那年,君为我传书,使我脱离苦海。当时,你在马上说的那句话,我可记到心里了,不但不躲,还要成为亲人!发誓与君一生相随相伴。叔父钱塘君宴席之上逞酒使气,代我示好,遭你峻拒。后来,父母又要把我嫁给别人,我誓不相从。这不,君又累娶累丧,正好迁家洞庭,给了我一个报答你的机会。有缘千里来相会,你说,这不是上天的安排吗?'回到洞庭,可不要躲着不见哟!'君在泾阳说的话,君可还记得?当时是怎么想的?为什么叔父替我求婚,你又誓不应命,是无意于此,认为理不当然,还是话赶话与叔父赌气呢?"

柳毅笑了,说:"当初传书,确实是出于义愤,为的是让你早脱厄境,别的真还没多想。至于后来,钱塘君迫我允亲,我觉得一是于理不合,二是他的态度也太傲慢了些,当然坚辞不就。说实话,临别时见你欲言又止,怅然依依,真是后悔得不得了。说起那句话,既似有心,也似无意,其似有若无飘忽不定,正与犀心妙合啊!"

小 玉

祁白水

李益考上了进士，等待次年的吏部复试。春风拂煦，杂花生树，身处这烟柳繁华地、温柔富贵乡的长安城中，李十郎不禁也有些寂寞了。

一日，李益正闲观柳曳，闷听雀噪，无复聊赖之际，媒婆鲍娘前来相见："啊呀李公子，你托我办的事，妥了！有一绝代佳人，名叫霍小玉，不贪财宝，只爱少年，与十郎正好是一对！快，随我来！"

李益随鲍娘来到平康里鸣珂巷，此是长安城中访花问柳的第一佳处，声名最著。说了几句闲磕牙的话，就摆下酒席，小玉即刻出见十郎。甫一入室，顿觉四壁生辉，俨然玉树琼林，相互映照，神采照人。李益不觉呆住。

母亲即对小玉说："你平时最爱咏诵'开帘风动竹，疑是故人来'之诗，今天是见到诗的主人了。这就是李十郎！"

小玉浅浅一笑道："名下无虚士，才子岂能无貌！"

李益不禁神飞体轻，赶忙起拜："小娘子爱才，小生重色，可谓才貌相兼，相得益彰。"

席间，小玉又以歌助酒，婉转清亮，曲调精奇，令人神往不已，真是"此曲只应天上有，人间能得几回闻"啊。

曲罢酒散，李益当晚就宿在这里了。细语款款，姿媚温婉，十郎好像做

梦一样，儿女欢爱，竟是如此妙不可言。想来，古人巫山之会，洛浦之逢，良有以也。

睡至中夜，李益忽闻啜泣之声，起来一看，小玉竟然泪流满面，说："妾，本来只是一个卖唱的，怎么能配得上公子！今日欢会，实是因色生爱；一旦色衰爱弛，恩移情替，必是萝丝失恃，秋扇见捐。故而喜极而泣，乐极生悲，请公子千万莫怪。"

十郎听了，大为惊奇，遂细款衷曲，慰解她这无妄之猜："怎么说这样的话，在娘子眼中十郎成什么了！小生一辈子的梦想，今天都实现了，就是粉身碎骨，也要不离不弃！如不相信，我这就写下盟誓。"

说完，真的起身，援笔立就，书之白绢，藏之宝匣。看着这一句句动人的海誓山盟，小玉终于破涕为笑。自此，二人日夜相随，形影不离，不知不觉就是两年过去了。

李益终于要去赴任了。

临行前夜，小玉又流下泪来，凄恻哀怨，大不胜情，说："以十郎现在的地位名声，想和公子联姻的自然很多，此一去，肯定就会得配良缘。先前的誓言，就会成为一绢空言，不说也罢。我只有一个小小的要求，不知十郎能否答应？"

李益一下子变了脸，说："怎么还说这样的话！"

小玉并不消停："十郎先不要急着回答，听我把话说完。我今年十八，十郎今年二十二，到公子而立之年还有八年，我们再做八年夫妻。那时，你自可另选高门，成家立业也晚不了，我呢，一辈子的愿望也算满足了，然后，出家当尼姑去，你说好不好？"

听罢这话，李十郎真是又惭愧又感动，流着眼泪说："发过的誓言，白绢黑字写得好好的，还要把心剖出来你才相信吗？娘子千万在这儿安心住着，到了秋天我便来接你。"

一到家中，李益就把这话忘得一干二净。遵照母亲的安排，他很快就与宦门小姐成了亲。

"碧云天,黄叶地,西风紧,北雁南飞。晓来谁染霜林醉,总是离人泪。"秋天来了。秋天又走了。李益自知对不起小玉,盟期已过,就更不敢去见小玉了。他还遍告远近亲好,秘不知闻,以断小玉之望。

这可苦了小玉,到处访求十郎音信,天天浮词,日日诡说,从来没个准信儿。李益愈是只言片字不来,而小玉想望愈是坚固不移。一年多过去了,竟然思念成疾,沉疴在身,委顿床席。小玉遍请亲朋,多方招致,而李益却早出晚归,避而不见。渐渐,长安城中也都知道了这件事。

一天早晨,小玉忽从梦中惊醒,对母亲说:"我刚才做了一个奇怪的梦,梦见一个黄衣人持抱十郎来家,脱鞋即去。鞋者,谐也;脱者,解也。今天,可能就是我彻底解脱的日子。"

正说着,忽然门外有人高喊:"李十郎来了!"

一门惊喜,奔出相见。

李益呆立院中,黄衣人已经骑马走远了。

小玉突然对母亲说:"让他走吧,我不想见他!"

母亲已是泪如雨下。小玉说:"痴情女子负心汉。从开始的那一天,我就知道迟早会有这么一天——这些年,在这里见的还少吗——但我心不甘哪,自己总是安慰自己说,也许是个例外呢。母亲,我知道我,其实就是常言说的'眼里看得破,心中摆不脱'呀!"

言罢,溘然而逝。

俘 虏

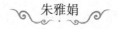

朱雅娟

每个人都是自己世界的第一主角。我不是。这么说吧，在我没有遇到
扈三娘之前，我是自己的主角，但看到了她，我的生命注定只有一尊神。这
尊神就是扈三娘。

跟着宋公明哥哥攻打祝家庄时，我有点不痛快。大家应该都记得吧，在
清风寨就是这位宋公明哥哥想走上层路线，巴结当官的老爷，愣是把我打劫
的官家太太送回家，害得我一直没有讨上老婆。他许愿说会给我找个比刘
知寨夫人长得年轻漂亮的，这话留着去骗黑胖子李逵吧。他自己除了长得
黑了点儿，也算是仪表堂堂，又有钱，却连小老婆也看不住，还被逼得杀人当
流寇，有啥本领给我找个更好的？但现在看到如花似玉、美若天仙的扈三
娘，我的魂顿时丢了。

说实在的，扈三娘的武功并不高，但为什么总是有人打不过她呢？我自
己一上阵，心里就明镜似的了。女人的美就是男人的毒药，要不然怎么骂女
人的话有一大半跟蛇跟毒有关？宋公明哥哥之所以一刀宰了阎婆惜，就是
恨她背着自己爱别人。我就不信他一个结结实实的大男人，会夺不过一个
娇滴滴的女人手里的招文袋，还非得拿刀杀了她，满世界跑着做流寇！

扈三娘把双刀舞得漫天雪花飘似的。这种武功只是用来在戏台上唱刀

马旦的,真正的武功不好看但非常实用。比如我矮脚虎,招式使得跟长相一样难看,但打仗从来没有人把我当成猫。

但现在我是一只猫,一只谄媚的猫,我故意让她打落我的长枪,心甘情愿地等她的玉手把我像抱小猫一样掳走。但她飞起一脚将我踢翻在地,双刀架着我的脖子嘲笑道:"真是蜀中无大将,廖化做先锋。"尔后递了一个眼神,她的手下就像捆猪一样把我捆得四蹄朝天。那一刻,我只会满嘴胡叫:"美人,若能得你为妻,我王英只活一天也知足矣!"

我一直猜想扈三娘是不是对林冲这个小白脸情有独钟,要不然她也不会一招之内就让林冲一胳膊夹下马做了战利品。我被解救回营后一直耿耿于怀的就是这件事,可惜当时我被关在祝家庄的大牢里,没有亲眼看到。

孙立、母大虫顾大嫂等人救了我们这一干俘虏,梁山人马铲平了祝家庄,扈三娘的未婚夫祝彪死于此役,扈三娘投降了梁山。宋公明哥哥很高兴,看得出来,他也非常喜欢扈三娘。我是扈三娘的俘虏人人皆知,但宋公

明哥哥的心也被三娘俘虏,恐怕知道的人并不多。

宋公明哥哥最擅长搞思想政治工作,但他怎么做通三娘的工作让她嫁给我这个三寸丁,让许多人百思不得其解。原因其实再简单不过了。

宋公明:"扈三娘,林教头心中只有他已死去的妻子,你与他不可能。"

扈三娘:"但我与你更无可能。"

宋公明:"请小娘子仔细想清楚,宋某虽然现在在山寨没坐上第一把交椅,但凭宋某的本领,这只是一个时间问题。"

扈三娘:"任你做了皇帝,我也不从!"

宋公明:"拜托小娘子想清楚,如果你不愿意嫁给宋某,你只能嫁给那个小矮人王英! 这样也算是姓宋的还他一个人情。"

扈三娘:"呸,宁死不从!"

这就是那天我听到的部分对话。

半夜我跳进窗,救下欲悬梁自尽的扈三娘。

扈三娘:"怎么是你?"

我:"如此死了,岂不是让姓宋的笑话? 他害你未婚先寡,现在又想强人所难,还时刻在人面前道貌岸然。你死了不是白死了?"

扈三娘:"那怎么办?"

我:"不如真的嫁给我王英,让他看到鲜花宁肯插在牛粪上,也不愿与他这个伪君子相守,看看他心中难受不难受?"

扈三娘不语。三天后,我与扈三娘成亲。

假痴不癫

朱雅娟

唐琬只是陆游天空中的一颗星星，而陆游却是唐琬的整个星空。诗人如是说。

世人都觉得，在陆唐爱情故事中，我，赵士程，应该永远是一个配角，孤独地站在舞台的最里面。或者更像是一个道具，推动整个悲情故事走向高潮，最后悄然无声地消失。

大家都知道陆游与唐琬是姑表兄妹，他们不知道我也是陆游的表弟、唐琬的表兄。自小我们表兄妹三人一起玩的时候，琬妹总和陆游兄一起欺负我。我性情孤僻，不善言谈，他们就说我自命皇族贵胄，过于骄傲。看到他们一起笑靥如花，青梅竹马，我只得将自己的小小心事藏起来。琬妹跟陆游成亲时，我借故没有赴宴。我希望那日会有滂沱大雨，但偏偏风和日丽。

我不敢相信琬妹会嫁我为妻。姑母逼陆游兄休妻后，我的心思又随着春天的脚步蠢蠢欲动。终于，在我的坚持下，唐姑父将琬妹嫁给了我。酒宴上，唐姑父泪光闪动，他说："程儿，你是朝廷的大学士，人品相貌不在他人之下。琬儿交给你，我这个老泰山是绝对放心的。"

我拉了琬妹的手，坚定地点点头。洞房夜，拥着琬妹，多年的失眠症不治而愈。醒来时，琬妹已经在梳妆。我跑过去拿起眉笔，要给她画眉。琬妹

战栗了一下,但还是微微仰起了脸。我的心痛了一下,我猜想陆游兄跟琬妹一起,定也是日日给她画眉。我拿起笔,笑道:"琬妹,从今天开始,你的眉毛就交给为夫画好啦。"

较之年少时,琬妹的眉毛变淡了许多。琬妹眉毛稀少,必然气血虚亏,体弱多病。想是琬妹与陆游兄劳燕分飞后,情绪低落所致。自此,我每日除了给琬妹画眉外,还找了不少偏方给她涂眉毛。比如拿雄黄末调醋,临睡时涂在眉端,或是将炒过的芜菁子和了醋给她涂。许是我的诚心感动了上天,琬妹的眉毛一日浓过一日。

十年的恩爱消磨了我许多志气,但为了琬妹我愿意做一个自甘平庸的人。这十年间,陆游表兄与我们毫无联系,只是听说他弃文投武,想做一番抗金扶宋的大事业,但总是屡屡碰壁。

为了庆贺我们夫妇成婚十年,我特意带了琬妹到绍兴沈园赏春景。令我没有想到的是,陆游兄竟然也来到了沈园。琬妹与陆游兄四目相对,都是泪光闪动。我以退为进,起身离去,让他们叙叙家常。并不是我真的大度,我只是为了证实一个早已掌握的答案。我坚信陆游也罢,唐琬也罢,他们早就是彼此生命中的过客。好比风过山林,你听到狂风鸣咽,你看到树枝摆动,但在你的情绪尚未平抚时,风却早已走了,林也归于寂静。

我得到了这个答案。他两人相和的《钗头凤》,字字泣血溅泪,不知让多少旷夫怨女柔肠百结,夜不成寐。可是他们忘了,当痛可以用来形容,尤其可以平平仄仄,这种痛早已没有了重量。

琬妹每次都想和我解释沈园相会这件事,但每次都让我含笑制止了。孔圣人说,发于情,止乎礼。这对曾经的爱侣除了诗词相和,他们并没有实质性的接触。陆游的悔大于爱,琬妹的恨大于爱,他们爱的只是一些美好的过往与曾经的回忆。但我又如何不妒? 只是我的痛用任何词句都表达不出。

也许是琬妹觉察到了这一点,她一日日又变得憔悴。最不该的是那一日,我给琬妹画眉时,画了远山眉。琬妹看了镜子良久,突然掩面而泣。远山眉,又叫离人眉,想是琬妹误以为我是暗讽她尚在思念陆游表兄,或者她认为我又对她生了倦怠之意。

什么解释都是徒劳,琬妹的眉毛一日较一日地竖立。按照中医说法,已是重症之相。我遍访名医,却没想到琬妹一心求死。终于在一个秋日,琬妹拉着我的手永远地闭上了眼睛。

那日的雨是我整个人生中最大的雨,雨顺着我的眉毛、睫毛往下流。

我忽然想到,琬妹之于我,我之于琬妹,都是彼此的眉毛。也许有人觉得它不重要,但它恰是阻止雨水流入眼睛的最忠实的朋友。因为拥有彼此,爱情虽然平淡,却幸福。

一个人的爱情

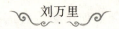

刘万里

　　我是一个烟花女子，没想到我会爱上柳永。

　　我自小死了爹娘，被人贩子拐卖到汴梁，因我貌若天仙，老鸨想把我培养成她的摇钱树，请了一些落魄的秀才教我们琴棋书画，还请了一些名妓教我们勾引男人的本领，一些舞女教我们歌舞，在我们唱的歌词中最多的是柳永的词。

　　柳永的词写出了我们的心声，他的词像梦境，像甘露滋润我寂寞的心，我喜欢上了柳永的词。我虽没见过柳永，但我知道他在我生命中一定会出现。

　　十六岁那年，我被老鸨包装推出，每天围绕在我身边的富家公子很多，我成了老鸨的摇钱树。

　　我跟他们逢场作戏，打情骂俏，其实我的心里非常鄙视他们，只有柳永才是我的梦中情人。

　　那个黄昏，残阳如血，我之所以记得那么清楚，是因为柳永走进了我的生活。

　　柳永教我们辞赋歌谱，并现场作了一首词，我第一个鼓起了掌。

　　柳永目光落到我脸上，我的心嗵嗵直跳，我低下了头。然而柳永的目光在我脸上只是短暂停留,紧接着就落到别的女子身上。他开始打情骂俏,逗得她们咯咯直笑。

没想到柳永也是这么一个人,我的心顿时如同落入冰窟,同时一股浓浓醋意在我心底升起。

第二天,柳永又来了。柳永上完课,歌女们都走了,我看了柳永一眼,准备走时,柳永叫住了我。没想到柳永知道我的名字,我的心又跳了起来。

柳永说:"见到你的第一眼,我就喜欢上了你。"

我心里暗喜,但没表露出来,而是问:"是吗?"

柳永说:"真的。"

我说:"我是歌女,你怎会喜欢我?"

柳永说:"真爱会抛弃一切世俗的东西。我想请你喝茶,可以吗?"

我断然拒绝了,对于柳永这种多情人来说,容易得到的东西他是不会珍惜的。我要永远活在他心中。

后来,柳永经常送我一些小东西,发髻手帕扇子之类,但我依然拒柳永于千里之外,我不会给他任何机会。要想活在男人的心中,就是不要让他轻易得手。

那天,柳永来找我,他眼圈红红的,说道:"昨晚想了一个晚上,我作了一首《蝶恋花》送给你。"

柳永转身走了。

我打开《蝶恋花》:"伫倚危楼风细细,望极春愁,黯黯生天际。草色烟光残照里,无言谁会凭栏意?拟把疏狂图一醉,对酒当歌,强乐还无味。衣带渐宽终不悔,为伊消得人憔悴。"

我的泪水流了出来。

第二天,我见到柳永,我非常激动和高兴,心里有好多话想跟他说,但我表情依然冷淡。

不久,柳永突然不告而别。据说,他投奔东京名妓陈师师去了,我无法

容忍的是他带着歌妓谢玉英一块去了,听说他们出双入对,就像一对夫妻。我对柳永恨之入骨。

我每天疯狂接客,强颜欢笑,只有这样,我才能忘却柳永。一天,柳永突然出现在我面前,我几乎不敢相信自己的眼睛。

柳永说:"我考中了进士,准备去外地做官。"

我说:"恭喜啊!"

柳永说:"我这次来就是想带你走,跟我一起去余杭吧。"

我板着脸说:"你以为你是谁啊? 别以为能写几首破词就了不起了,我凭啥跟你走?"

柳永说:"我只问你一句话,你到底喜欢不喜欢我?"

我淡淡一笑:"我怎么会喜欢上你这种花心的人?"

柳永叹了一口气,转身走了。望着柳永的背影,我泪流满面,柳永是我深爱的男人,我怕他对我的感情只是昙花一现,我想永远活在他心中。

柳永走了,但他的词却常常传诵回来,被歌妓们传唱。我知道那些歌词好多是为我写的。"芳草连空阔,残照满。佳人无消息,断云远。""想佳人妆楼望,误几回、天际识归舟? 争知我,倚栏杆处,正恁凝愁。""对闲窗畔,停灯向晓,抱影无眠。"唱着这些歌词,我心里暗暗哭泣,我仿佛看到了柳永那颗孤独寂寞的心,同时我也暗自庆幸,是我这样一个平凡而又普通的女人,激发了柳永的绝妙佳句。

几年后,柳永回来了,在官场上他处处碰壁,甚至还得罪了皇上,他这种放荡不羁的人不适合在官场上混。柳永穷困潦倒,常常醉如乱泥,醒来后疯狂大笑。

一年又一年过去了,我人老珠黄,退出了妓院,但我一直没嫁人,我在等柳永。

那个飘雪的夜晚,柳永提着一壶酒来找我。

柳永说:"这些年我一直没想明白,你为何不喜欢我?"

我叹了一口气，说："感情这东西，永远都说不清楚。"

柳永喝了一口酒，说："皇帝算什么东西，让我奉旨填词。我父亲、叔叔、哥哥三接、三复都是进士，连侄子都是进士，但他们现在都不认我，说我倚红偎翠浅斟低唱，给他们丢人。我现在好痛苦……"

我说："少喝点，别喝醉了。"

柳永说："我有个请求，你能答应我吗?"

我说："啥请求?"

柳永说："我现在好困，我想在我心爱的人怀里躺一会儿，哪怕就是一瞬，死而无憾!"

我点了点头。柳永头依在我怀里，他像一个婴儿一样睡着了。我幸福地闭上了双眼。

"三变，你怎么了?"柳永的身体越来越冷，我摇了摇，没动。

柳永死在了我的怀里。窗外寒风呼叫，大雪铺天盖地。

古韵·灯影下的篆书

金城公主

刘万里

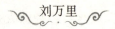

　　李望和唐媛正在亲热时被金城公主撞见了，金城公主头一偏，擦着泪水转身就跑。

　　李望扔下唐媛追了上去，抓住金城公主的手说："你听我解释……"

　　金城公主挣脱李望的手大喊道："我不想听！"

　　望着金城公主的背影消失在皇宫里，李望的泪水悄然落下，他和金城公主已私定终身，他不想因这场误会而失去金城公主。

　　金城公主一回到卧室就扑到床上抽泣起来。这时丫鬟通报唐中宗驾到。金城公主立即起来擦干泪水，整理了一下衣服迎接。

　　唐中宗说："你眼睛怎么红了，是谁惹你生气了？"

　　金城公主笑了笑说："刚才眼睛进了一颗沙子，是我揉红的。"

　　唐中宗叹了一口气说："唐蕃边地又开战了，连年的战争使我感到累了，我渴望和平。刚好吐蕃王江察拉温派使节来求婚，我想来想去，还是你最合适。只要你嫁过去，战争自然就平息了，你就是大唐的恩人了。"

　　金城公主说："我虽是你养女，但你对我胜过亲生女儿，你对我的养育之恩我一辈子都报答不完。如今正是报答你的时候，我还有什么怨言呢？"

　　金城公主本来想拒绝的，一想起那个李望，离开大唐也许是她逃避李望的最好办法。

唐中宗高兴地说："你真是我的好女儿，那就这月十五入吐蕃。"

金城公主咬着牙点了点头，泪水又淌了出来。

出嫁的这天到了，金城公主打扮得非常漂亮，简单的告别仪式之后，这只入藏的浩浩长队便出发了。

一位少年尾随车队追了上来，他就是李望。金城公主出嫁，他今天刚刚得知消息，李望一边追一边喊着金城公主的名字，他嘶哑的声音被狂风淹没了。

李望终于拦在了金城公主的前面说："金城公主，你出嫁的事，怎么不告诉我呢？你跟我回去吧，我会给你幸福生活的。"

金城公主望着李望，她紧锁的眉头终于松了一下，但迅速又怒容满面，她厉声道："你是我的什么人，我出嫁为什么要告诉你？"

李望长叹了一口气，跪在金城公主的马前说："请原谅我这一次，我们从头开始。"

金城公主说："如今我们之间已不可能了，你不要拦在我的面前。"

李望说："你会后悔一辈子的。"

金城公主说："我永远都不会后悔的。"

金城公主说完眼中有泪，她怕李望看见，便大声喊道："出发。"

金城公主的车队远去，李望呆立在那里，像一座雕像。

金城公主的车队还未到拉萨时，噩耗传来，她所要嫁的江察拉温坠马而死。金城公主进退两难，此刻她多么希望李望能突然出现在她面前，只要李望说跟我回大唐吧，金城公主就会跟李望回去。但想到李望，倔强的金城公主又非常恨李望伤了她的心。此刻唐中宗的目光又浮现在她面前，如今回去又怎么对得起大唐呢？既然快到拉萨了，那就一切听天由命。

既来之，则安之。江察拉温的葬礼举行后的第三天，金城公主易嫁于江察拉温的父亲赤德祖赞。

唐蕃之间的战争终于平息了。

金城公主做了赤德祖赞的小妾,赤德祖赞的大老婆很厉害,经常欺负她,再加上她水土不服,思乡心切,日渐消瘦。后来,金城公主生了一个儿子,生下后就被大老婆抱走,并且长达一年之久不让金城公主看儿子,她整日唯有以泪洗面。

一日,大唐派一位使节到拉萨。金城公主得知消息后,便高兴地去拜见。她看到那人很面熟,仔细一看,大吃一惊——那人竟是李望。金城公主和李望都镇定了一下自己的情绪,装作不认识的样子。

李望说:"你在吐蕃还好吗?"

金城公主说:"谢谢你对我的关心,我过得很好。"

李望说:"你过得好,唐中宗就放心了,我也放心了。"

赤德祖赞笑着说:"回去告诉唐中宗,我对他的女儿可好了。"

他转身对金城公主说:"你告诉大唐使节,我对你怎样?"

金城公主故意偎在赤德祖赞的怀里笑着说:"你对我非常好。"

赤德祖赞哈哈大笑,说:"快上酒菜,我要和这位大唐使节喝个痛快。"

李望心事重重,几杯酒下肚便醉了。他醒来时,看见金城公主守在自己身边。李望一阵感动,抓住金城公主的手说:"我找你找得好辛苦。为了能见到你,我装成大唐使节,冒着生命危险来到这里,只求见你一面,就是死了,我也心甘了。我从你的眼中看出你并不幸福,你为什么要欺骗自己的感情呢?"

金城公主挣脱他的手说:"我真的过得很幸福。"

李望说:"你别骗自己了吧,趁他们还没弄清真相,跟我走吧。"

金城公主沉思了一下说:"我不能跟你走,我一走,唐蕃又要打仗。唐中宗对我有养育之恩,我答应他的事,就要做到。"

李望生气地说:"文成公主进吐蕃后,战争虽然暂时平息了,但她幸福吗?她死后,战争不是又爆发了吗?你现在是在重复文成公主的老路,你们也许能载入史册,但你们牺牲了自己的幸福。"

金城公主捂住耳朵说:"够了,我不听。"

两人本来有好多话要说,却不欢而散。

黄昏时分,李望来看金城公主,他见金城公主房内无人,便大胆地抱住金城公主狂吻,金城公主挣扎了一下便抱紧了李望。金城公主双眼溢满泪水,她说:"带我走吧!"

李望说:"真的吗?"

金城公主点了点头。

第二天,他们想逃跑时,赤德祖赞发现李望的"官文"是假的。冒充大唐使节是要处死刑的。李望被严刑拷打,但他什么都没说。

李望被押上了刑场。这时,金城公主出现了,她对赤德祖赞说:"这一切都是我的错,我只求你放过他,今生今世我做牛做马也要好好报答你,只要你饶他一死,我也将终身留在这里,永不回大唐……"赤德祖赞沉思了一下说:"我可以饶他一死,但要立马把他驱出吐蕃。"

李望被松绑了,浑身是伤。金城公主真想扑过去,她望了望赤德祖赞,忍住了。李望转过身,步子有点蹒跚,慢慢消失在大山深处。今日一别,何日再见?金城公主满眼泪水,她想忍,但没忍住,泪水就像决堤的河水奔涌而出。

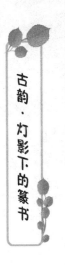

夜　邀

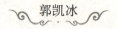

郭凯冰

今晚,夜露已经打湿孙武的鬓角,他终是没有晋见吴王。此刻,他正对着一棵丁香,一幕幕往事从眼前掠过:自被伍子胥从齐国请出山,伴君十载,又在吴宫隐姓埋名做花匠十几载,如今已是两鬓斑白,也对得起死去的老朋友了。不是自己无能,也不是不尽心,是吴王惹得天怒人怨,回天乏力啊。

一个声音在身后响起:"老将军,明日夷光就要走了。您呢,今后如何打算?"

孙武回头,西施着一身越国乡间服饰,婷婷站在面前,恍若当年自己在齐国山林著书时邻家那位淳朴窈窕的女子。当年,他本是要带着那女子来吴国享受荣华富贵的,可是那对本分的山野夫妇怎么也不答应,说自家姑娘本就是操劳命,荣华富贵享不了。如今看来,倒是自己当时没有看得开。

"姑娘如何知道我是孙武?又如何不再怕老夫知道姑娘的身份?"

西施一笑:"再如何隐瞒,又怎能瞒得过老将军呢。范大夫早跟夷光说了,老将军是智勇之人,而且再三嘱托要夷光离别之时,一定邀老将军跟夷光一起到越国去。"

此刻,因了西施的这身打扮,孙武对她所做的一切都原谅了。即使没有西施,也有南施或者北施,好友伍子胥的命运不可挽回。

"还能怎样？老朽替老朋友见证了吴国的今天，当然从哪里来，还回哪里去。"孙武抬头望望寂静的夜空，眼中泪光一闪。

"那老将军何不到越国为越王效力？越王礼贤下士，对将军一定会重用的！"西施殷殷望着孙武。西施想，看来范大夫让自己穿着这身越服来见老将军，的确是个很明智的选择。她觉得自己很对不起眼前这个人。伍子胥、孙武，是她早在越国就仰慕的人；来到吴国，孙武的隐忍、伍子胥的忠勇更是让她敬佩。如果吴越不是敌对国家，也许他们会是很好的朋友。可是，她加速了伍子胥的死亡，也让眼前这个人苦心辅佐的吴国江河日下。

孙武看定西施，觉得这个美貌的姑娘，真是天真得很啊。如果她穿着王妃的服装，他会不说什么，但是，这身朴素的越国乡间打扮，竟然深深打动了他。他问："姑娘是打算回到越国朝堂了？"

"当然了，夷光要回到范大夫身边。"

"恐怕姑娘不能如愿以偿。"孙武摇摇头，夜空中一颗流星划过，留下一道璀璨的光芒，一会儿就不见了。

"为什么呢？"西施很吃惊，在吴国的这几年，正是回到范蠡身边的愿望，支撑她度过一个个残忍的白天和隐忍的夜晚。她只是香溪边一个柔弱的女子，不愿看到刀枪，更不愿看到鲜血。可是，吴国朝堂上，因为她，一个个忠勇的臣子落得尸首两分。而夜晚，她需要违着自己的心意，曲意逢迎。每个无眠的夜晚，她需要回忆当初那么多躺在越国土地上的老幼妇孺尸体，憧憬和范蠡一起的美好时光，才能强迫自己不逃离。

孙武看着西施清澈的目光："姑娘应该知道，越王妃在去乡下采桑养蚕之前，将宫中所有美貌女子，用鸱夷封裹沉于钱塘江溺毙。还有人看见，越王请画师画了一幅姑娘的画像，挂在草房房梁的苦胆边。所以我想，为姑娘，也为范大夫，似乎还是不回朝堂的好。"

西施呆呆地盯着孙武。月亮出来，洒落一地华光，她觉得月色很凉，不由打了个寒战。

"那——夷光回乡？在苎萝村采桑养蚕，浣纱纺织，总能偷生。"月光中，西施的盈盈泪光闪了一下。

"越国是越王的，很快，吴国也是越王的，姑娘觉得能在乡间住得安生？"

"将军，难道，天下之大，再无我夷光容身之地？"一行泪，终于从她脸颊落下来。

孙武一笑："最知孙武者，范蠡也。他让姑娘着一身越服跟我辞别，倒不是为邀孙武去越国，而是为救姑娘一命啊。荣华富贵匆匆十数载，如今觉来还是山野最让人舒心。孙武要回到来的地方，去找寻一位当初丢下的故人。姑娘如无容身之地，可以先跟着孙武远走齐国，再找时机与范大夫相会。不过，吴宫十载，姑娘是锦衣玉食荣华富贵惯了的。若能吃得山野之苦，明晚二更就来；吃不得苦，孙武也无能为力。"说罢，转身离去。

第二晚三更时分，越国军队攻入吴宫。清冷月光中，孙武和西施站在城外一高坎之上。孙武默念道："老朋友，闭眼吧，越军的确进城了！"

越王勾践和王妃乘第一辆战车进入吴宫。站在吴宫门口，勾践大笑："夫差，记住，你——是被我勾践所灭！"夫差挥剑自刎，他所有宠姬，包括跟西施一起送入吴宫的郑旦，均被用鸱夷封裹，沉于钱塘江。

月余，范蠡向越王请辞，轻车简从，前往齐国隐居。

以死亡的方式

郭凯冰

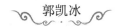

她最多的时候是坐在窑洞唯一的窗前望着远处那条小路。那是他走的方向,也将是他来的方向。

她浆洗缝补,外出捡柴,当然也必须耕种窑外那片菜地。除了种菜,自己什么也种不出来了。她很感激当初家里后花园的老李。老李在花草的间隙里,种了一行菜。她就是那时喜欢上菜园的,蔬菜比花草更亲近人。那菜就是烟火气啊!

将菜种出来的时候,她为难了。他走时买下的粮已经吃完。难道这菜,可以当粮吃吗?她吃了两天菜,已经感觉自己虚弱得要倒下。

在捡拾柴草回来的路上,她果然倒下了。夜色漫上来,她平生真正的伤心来临。父亲不让她跟他在一起的时候,她也伤心,可那时她觉得和她一起伤心的,还有他呢。如今呢,他在哪里呢?她躺在夜色里,没想再起来。她觉得一

觉睡过去,是自己最好的选择。

打扰她的是一个卖豆腐的人。她知道他叫王二。王二就住在离寒窑不远的村子东头,站在屋门口,能清清楚楚看到她在侍弄自己的菜地。

王二怎么知道自己是饿昏的,她不知道。总之,王二把她摇醒以后,递过来一个鲜软的馒头。她咬第一口后流下了他走后的第一滴眼泪,这竟然不是因为思念。她慢慢吃着,保持着最低廉的自尊。

后来,王二每天出去卖豆腐之前,就来菜地割一捆可以卖的蔬菜,傍晚回来,再捎些柴米油盐。有一次,菜卖得很好,他甚至买了一个圆圆的铜镜。

她心里的惊喜没有表现出来。直到夜里,洗了脸,她才在小窗前的月光里坐下。月光里,铜镜中,那张脸啊。她呆呆地盯着,这还是那个曾经被下人叫作小姐的女子的脸吗?

夜幕上来,忙完了,她就坐在窗边望着远处。镜子挂着,蒙着她当初的盖头。她一遍遍冥想远方,远方很遥远,就像头顶那轮凉凉的月亮。那个人,也在想着自己吗?他的衣服谁洗?他的起居谁照料?

是哪一个冬天的傍晚?那时雪花已经飘起来,挡住了远处的视线。她的心里焦躁得不行,一会儿起来,一会儿坐下。她甚至还跑出去,跑到最远那片菜园,踮着脚往远处看。

王二的身影出现在雪地上。她起身,一会儿拿起勺子,一会儿端起碗,甚至往已经熄灭的灶里添了一把柴草。那一天,她说:"王二,在这里吃过饭再回吧。"总要谢谢人家啊,她想。

王二开始帮她种菜,她也开始帮王二浆洗。穿戴得干干净净的王二一脸敦厚地笑。她觉得这笑让自己踏实。

十八年后的某个傍晚,她盯着远方,屏了气息。那个人向着她的寒窑走来。是的,这是她和他的家,他不来这里去哪里呢?被褥是他的,每年春天,她都拿到院子里拆洗,然后叠好,放到窑洞草铺上,跟她的被褥并排着。

他的气息当然早已消失,但是,她想,他是住在她心里的。虽然,这灶台是王二重新砌的;这窗,是王二安上了木框架;这菜园,王二已经扩大了很多,里面种着菜,更多的是庄稼。但每个傍晚,她坐在院子里,人们都知道,她在等待一个叫薛平贵的人。

他用十八年给他和她挣来了荣华富贵,当然,还有另一个女子对薛平贵的爱。可是,她怎么觉得,自己的十八年被他硬生生割走了呢?是因为他身边那个女子,是因为他对那个女子更多的娇宠,对自己更多的尊重吗?

月光依然很凉。她盯着身边这个沉沉入睡的人,有些疑惑。当他在代战公主身畔沉沉睡去的时候,是否梦到清冷的月光下,远方有个王宝钏呢?是什么时候,他在西凉的锦帐中,想起了寒窑里的妻?她没有想到问一问枕边人。那疑惑,就如一阵风,从耳边吹过,一会儿就没有了踪影。

红鬃马上,她回头。王二站在菜地边,呆呆的。王二竟然有了白发,是什么时候开始有了白发呢?她要下去问一问。薛平贵抱着她的腰,红鬃马就带着她飞起来。寒窑里的什么物件,也配不上贞洁烈妇王宝钏了。薛平贵要补偿她,她的贞洁当然担得起这份补偿。可是,那面只用过一次的铜镜,还是让她觉得心被摘走了。

戏班子奉皇命,很快排演出了他和她坚贞的爱情。她微笑着一张脸欣赏:他被人打败,不仅没有被砍头,还博得美人眷顾,做了西凉驸马。而这,是他离开自己的第三年。戏台上的王宝钏,顶着风雪,在寒窑中盼、盼、盼——这是一个多么天真的姑娘呵。

锦帐中,在薛平贵沉沉的气息里,王宝钏思念着一个叫王二的人。十八天之后,薛府宣布夫人亡故,举行大殡。

而那时,她坐在王二迤逦远行的豆腐车里,微笑地望着路边青葱似的庄稼。

孙武的忧伤

墨　原

　　在没有破楚之前,孙武就有了离开吴国的想法。身为兵家之圣,孙武深知得罪了吴王比得罪任何人都可怕。别的不论,单凭自己下令杀了吴王两个妃子这件事,吴王能不恼他吗? 你想吴王身为一国之君,虽曾降旨让你训练后宫粉黛,可吴王给妃子求情的面子你都不给,你孙武的胆子不是太大了吗?

　　孙武不愧是兵家之圣,自他下令杀了吴王妃子之后,便处处谨慎。他想自己隐居多年,所有的谋略都属于纸上谈兵,只有实践才能检验自己心中的谋略是否实用。基于这样一种心理,孙武才决定继续留在吴国,为吴王出谋划策,训练军队。

　　当然还有另一个原因,那就是好友伍子胥的父仇兄仇。楚王听信奸人之言杀了伍子胥的全家,只有他得幸逃脱,他孙武怎能不为朋友的家仇两肋插刀呢! 伍子胥确实很可怜,年纪轻轻的头发便白了,一个人只有极度忧愁,才会变成这个样子。他孙武既不糊涂又不傻,虽然伍子胥没有明确表示要借吴国之兵攻打楚国给父兄报仇,但从他平时的言谈举止也能瞧出几分。孙武想:等帮伍子胥讨回公道后,自己再离开吴国,这样于情于理才能说得通。

也正因有了这些想法,孙武才最终没有辞别吴王。

而这时,吴王却是另有所思。他觉得孙武虽有帅才,可将来必是个难以支配的人。身为一国之君,有这样一个人物总在身边,日后自己的王位一定很危险,说不定什么时候自己也会变成吴王僚的下场。可是吴王太想称霸天下了,他明白如果自己现在不能容忍孙武的杀妃之恨,那么自己称霸的理想便会成为空想。"等着吧孙武,我现在不杀你,总有一天我会杀你。"吴王在宫中独自喝闷酒时在心里说。酒已喝过了十盏,吴王感觉自己的谋略要胜过孙武一筹。

攻打楚国是没费多大力气的。

当吴国的兵将攻下楚国都城的那天,吴王把伍子胥叫到自己的面前说:"楚国现在已经破了,你把楚王的尸体也鞭打了三百多下,这回心情该畅快了吧?"伍子胥当即跪拜在地,哭着说:"感念大王的恩德,我伍子胥今后永远效忠吴国,绝不怀有异心,望大王明鉴。"吴王大笑着扫了站在旁边的孙武一眼,说:"我这个人是最讲情谊的,只要你们对得起我,我一定对得起你们。孙武,你认为寡人说得对吗?"

孙武听吴王这么问自己,心里不知为何突发伤感。他想自己真是没有看错吴王这个人,看来得及早寻找退路了。吴王瞧孙武呆站着,继而又大笑起来,说:"罢了罢了,有些事等咱们回去再说。"

孙武是在吴王剿灭国内叛乱之后离开吴王的。叛乱是吴王的侄子夫概制造的。在这次平叛中,吴王一直阴沉着脸,好像侄子夫概这次叛乱是别人挑拨的,而非侄子的本意所为。孙武就在这时拿定主意真要归隐了,并劝伍子胥也跟他一起走。

伍子胥没料到孙武想离开吴国,当孙武将心中的想法告诉他时,伍子胥哈哈大笑起来,说:"现在正是咱们有所作为的时候,怎能退隐山林呢?吴王待咱们可不薄啊!"孙武瞅着伍子胥苦笑了一下,说:"我本来也不想走,可谁又能理解你的忠君报国之心呢!"

孙武终于在平定叛乱后走了，走得心平气和，走得无声无息。

对于孙武的离去，吴王开始还没觉得怎样，可第二日早朝时，他忽然想起孙武杀自己妃子的事，忙派人领兵追赶，结果却没有追到。吴王一气之下剑斩了领兵的这员大将，说："你们都是废物，让你们办这点儿事都办不成！"

"真是便宜了孙武那小子！我怎么把想杀他的事给忘了呢?"吴王愤愤不平地说。

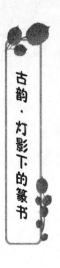
苏秦的悲凉

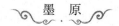
墨　原

　　告别师父鬼谷子之后,苏秦踏上了归家的路程。此时太阳暖暖的,路两边的花草长势茂盛,偶尔还有鸟鸣叫着从天空飞过,使苏秦感到归乡的感觉真好。

　　这条路是直接通往洛阳的,只要沿着这条路走下去,苏秦就能到家。几年前苏秦离开家时,他就盼望自己有一天还能回来。"家是一个人生活的根基。"他曾这么对师弟张仪说。张仪为此还取笑过他,说苏秦是想女人才这么说的。当时苏秦没有辩解,因为他的心里确实有些惦念妻子,她自从嫁给自己就没过上几天好日子,而自己又抛下她外出投师学艺,这几年妻子操劳家事也许瘦多了。当然他也惦念家里的其他人,比如兄嫂和弟弟苏岱。从父母逝去后,他们便始终在一起相依为命,亲人的情谊怎能忘怀呢! 由于有这样的心理,所以苏秦一出鬼谷就决定先回家看看,至于什么功名利禄,什么衣锦还乡,在他的心中全不重要了,他只想同家人尽快团聚。

　　家门已在眼前了。看着面前熟悉的一切,苏秦的心里非常激动,眼泪不觉涌了出来。走进家门,苏秦第一眼就看见妻子正在喂鸡,人果然瘦了许多。妻子也瞅见了苏秦,说:"你可回来了,家里人都日日盼着你呢!"苏秦过去拥住妻子,说:"我也想念你们啊!"他俩正相拥之际,家里其他人也纷纷从

屋中奔出来,一个个脸上都挂着灿烂的笑容。兄长拉住苏秦的左手,嫂子拉住苏秦的右手,兄长问:"回来了?"嫂子问:"吃饭没有?"然后把他们的小儿小女唤到近前,让孩子们快叫二叔。苏秦想:还是家里好啊!

然而当苏秦在家住了半个月后,不知家里人为什么都有了不高兴的样子。特别是妻子和嫂子,脸常常阴着,一家人吃饭时不是摔东就是摔西。而晚上睡觉时,妻子也不愿跟苏秦睡在一张床上,反让苏秦睡到地上去。苏秦瞧妻子这样待他,说:"怎么了?我又没做对不住你的事情。"妻子似乎很恼火,说:"你还有脸问呢,你去外面听听别人都议论你什么,一个男人要是活到这个份儿上,真把脸都丢尽了。"

外面的人确实在议论着苏秦,说是早就看出苏秦这人不是块材料,在外闯荡那么多年,连一点儿事情都没谋上;还说后街周家的迎春,如今在军队里已当上了百夫长;说他苏秦还说自己是什么鬼谷子的学生哩,鬼谷子是何等名人,能收他做学生?往自己的脸上贴金呗,要不回来家里人能善待他?外面人的议论杂七杂八,更让苏秦难以忍受的是,妻子越来越不友好地待他了,还有嫂子和兄长,每日总拿眼睛斜视着,好像苏秦不值得他们正眼瞧上一瞧。

苏秦开始有些忍不下去了。可外面的世界是那么好闯的吗?苏秦一遍又一遍自问着感叹着,晚上经常失眠。

"再这样下去我会憋闷死的。"苏秦在心里说。

"我没招谁没惹谁,他们凭什么毁我的形象,看来做人比做事还难啊!"苏秦发出长长的叹息。

苏秦实在忍不下去了,他要走,他要让人们看看,他是否是外人和家人所认为的那种人。

几年过去后,当苏秦再同家人相见时,已是他任六国之相的那年了。他带着人马一踏入洛阳的地界,家人和熟悉的人便都急急赶来,在苏秦的车前跪成一片。他们一个个都低着头,还有苏秦的兄嫂和妻子,他们都是来认罪的。

　　苏秦瞅着跪倒一片的人们，觉得自己能有今天之出息，都是这些人当初用言语逼的。他感到自己活成现在这样子，真是人生的一种悲凉。

石头记

游 睿

东方渐白,一枚鸽子蛋大小的卵石在灯光下被照亮。卵石晶莹剔透,细腻光滑。接着卵石被人一口含住,冰冷滑腻的感觉充斥着口腔。随着人诵读,卵石在口中跳跃,上下翻滚,带出一串含混不清的发音。

一个时辰之后,卵石从口中取出,已经带着人的体温。卵石被一双大手洗净,放到一个朱红色的盒子中。同时,一个童音逐渐清爽起来:人之初,性本善。

卵石熟悉这个孩子,亦如熟悉孩子的父亲。

孩子的父亲是这一带有名的说书人。说书人巧舌如簧啊,他的口里有山川有河流,有过去有未来,有耕种也有战争,有眼泪也有舞蹈。他的一张嘴就是生活的全部。

孩子五岁的时候,卵石在河边被说书人拾起,从此,许多个清晨,卵石都在孩子的口中舞蹈。卵石感受得到孩子舌头的力量,从最初的娇弱,到后来的矫健。五年后,卵石再从孩子口里出来时,孩子已经能说《三

国》，讲《水浒》，有板有眼，字正腔圆。说书人看着卵石满意地笑了。

官兵降临于一个夜晚，卵石被一把抓起，然后塞进了孩子的怀中。孩子的惊叫被一只大手牢牢捂住，另一只大手抱着孩子在空中飞了起来。空气中，有着血腥的味道，鲜血在窗户上盛开，房屋在火焰中坍塌，吆喝声、马蹄声、犬吠声渐行渐远。

孩子在一个小女孩儿清澈的目光中醒来。孩子慌忙坐起，女孩儿双手托腮咯咯地笑。随后一个男人出现在小女孩儿身后，女孩儿扭头叫爹。男人笑笑，将一个朱红色的盒子递给孩子。孩子慌忙打开，卵石正静静地躺在里面。

孩子潸然泪下："我爹呢，我爹呢？"

男人厉声道："今天起，你叫念，你不再是说书人李安的儿子。李安一家犯重罪已经被诛。"男人指着小女孩儿说，"她是你的妹妹，叫慈。"

接下来的日子，慈成了念生活中很重要的一部分。卵石依旧会在念的口里舞蹈。取出卵石，除了滔滔不绝的故事，念的嘴里还有了流水与雨滴，琴弦和鸟语。念的嘴在舞蹈，舌头在舞蹈，念的面前，是慈婀娜多姿的舞蹈。

念到宫中时，正好十八岁。这源于一次偶遇，念在湖边遇到一名和自己年纪相仿的少年，两人一见如故。念口若悬河，滔滔不绝，让少年很是喜欢。几日后，念被召进皇宫，那少年，正是万人之上的皇上。

卵石被再次装进朱红色的盒子，呈放于大厅之上。念依旧会打开盒子，却并不把它放到口中。念对它述说，对它歌唱，也对它哭泣，念还对着它跪拜。这颗静静的卵石，却深深怀念着念的体温，有了体温，卵石才是活的。从第一次被含到口中，卵石就变成了念的一部分，它能感受到他的一切。

这日，念终于把卵石含在了口中，但卵石却感受不到念舌头的跳动。念沉默了，最后取出卵石，问："如果当时你在我口中，我会说出世间有个美丽的慈吗？说不出，定是说不出。可现在，慈已是皇妃了，她再也不会为我跳舞，连见一面都难！"卵石的身上，残存着酒味儿。

卵石依旧被呈放在大厅之上。朱红色的盒子许多次被打开，也被许多

眼睛仰望。卵石看见念的嘴边有了胡须，念的身后有了形形色色的人。念说："这就是我的那粒放入嘴中的卵石，如果没有它，就没有我伶俐的口齿。"卵石通体透明，闪着光。只是很久很久，它再也感受不到念的体温了。

这个夜晚，似乎是十年后或者二十年后的夜晚，念一个人回到了家中。卵石被取出，念端详着卵石，卵石看到念的脸饱经沧桑，皱纹间溢满泪水。念说："直到现在，我才明白，舌头本是灵巧的，让你来到我的口中，不是为了让它更灵巧，而是要阻止它的灵巧。而我，偏偏将你取出，置于盒子中。以后，再也不让你离开我了。"话毕，念一口含住了卵石。

卵石被舌头托起，慢慢变热。

念很快被人架起双手，然后被皮鞭抽打。卵石感受得到念的每一次疼痛、每一次呼吸。现在卵石似乎已经长在了念的舌头上，成了念的一部分。

一个声音厉声问道："你与慈皇妃的父亲究竟是什么关系？你是不是当年口出狂言被诛九族的李安之子？说！"

卵石躺在念的舌尖，它的重量似乎压住了曾经跳跃的舌头。舌头一动不动，静若磐石。念的呼吸均匀，有血从口中汩汩流出。这是卵石在念的口中待得时间最长的一次，不是几个时辰，甚至不是几天，它有了恒定的体温，还有了血液，卵石活了。

活了的卵石，最后有了一次飞翔。念的头，从一把刀的刀刃上出发，飞出了漂亮的弧线。念没有松口，头却重重地落在地上，嘴被摔裂，卵石顺势滚出。卵石上全是血，在地上几番翻滚之后，沾满灰尘和渣土。

卵石静静地躺在地上，没有血液也没有呼吸，与其他石头无异。没有人相信，它出自人的口中。谁会在自己的嘴里，放一颗石头呢？

反 骨

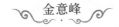
金意峰

  我叫魏延,三国义阳人氏,就是那个被称为脑后长反骨的人。世人多半是从戏曲中认识我的,那个花脸就是我,这似乎反证了我这个人人缘不太好。其实我的名声最初是被一位叫诸葛亮的名人搞坏的,他后来成了我的顶头上司。有关反骨的说法就是从那时候开始流传的。

  诸葛亮在我们三国时代是个说一不二的大牌,总理着刘备集团的军国大事。他精通政治经济天文地理等诸多学科,反映在医学领域,他建设性地独创了一个生物名词——反骨。

  按照我粗浅的理解,所谓反骨,顾名思义,就是不安生地往外拐的骨头。而根据当时盛行的血统论原理,长着这样一块骨头的人肯定会下意识地做出和骨头相呼应的动作,比如跳槽,比如造反。

  其实,整个三国时期,跳槽或造反的人很多,比如吕布,再比如刘备……奇怪的是,诸葛亮却偏瞄上了我。大概是因为吕布已死,说了无趣;而刘备是他的领导,又不好说。他就只能说我。

他说我脑后长反骨，今后必定要跳槽必定要造反，还大呼小叫地要把我拖出去斩了。如果不是刘备等人劝阻，可能我的命就没了。

事实上我的所作所为一向光明磊落，甚至是义薄云天。当初反襄阳是因为守将蔡瑁张允之辈贪生怕死，置前去投奔避难的百姓于不顾，在前有白河拦路、后有追兵逼近的紧急关头，我抢刀砍翻守门将士，开城门，放吊桥，大叫："刘皇叔，快快入城。"可惜后者怕惊扰民众，最后还是转道江陵。而这一次，我炒了韩玄的鱿鱼是为了救一个好人，这个好人就是黄忠，没有我，后来那出著名的大戏《定军山》他肯定就唱不了了。众所周知，黄忠这个人平时忠肝义胆，体恤下属，在群众中呼声很高。他和关羽在阵前打斗，英雄相惜本在情理之中。可韩玄却怀疑他通敌，要杀他，怎么劝都不行。我实在看不下去，心想，韩玄这不是迫害人才吗？于是振臂一呼，把韩玄干掉了。

或许就是因为这一次，诸葛亮觉得我下手太狠，翻脸无情。但是，请诸位想一想，当时可是三国，是动乱年代，我不这样做的话就会留下祸患，贻害无穷。那个韩玄心胸狭窄，可不是个省油的灯。

问题是，从这时开始，我便坠入了一个历史的怪圈。一方面在西蜀度过的倥偬岁月里，我是以一名重要将领的形象出现的。我拼命地为刘备集团卖命，斩关夺旗，浴血沙场。我的勇猛，连诸葛亮本人也不得不抚案赞叹。另一方面，诸葛亮他们对我还是不放心，时刻警惕着，唯恐我突然跳槽不干。这样我就成了一块鸡肋，食之无味，弃之可惜。

我不否认诸葛亮是一位天才，但在人事管理上他还是有所短缺的。例如，他在使用马谡的问题上就出现了失误，结果酿成了失街亭这个惨痛事件。而对于我，他同样犯了经验主义错误。

初出祁山去攻魏时，我的积极性是蛮高的，我相信我们最终会取得胜利。我还向诸葛亮提了一条建议。我自愿率五千精兵悄悄从褒中出发，沿着秦岭以东走，再经过子午谷向北进发，直逼长安。

这是一条多么好的建设性意见啊。不料诸葛亮一口否决。他说："这个主意不好。"

他说:"假如对方在山谷里埋下伏兵截杀,你不就完蛋了吗?"

我反问他:"那么你这样从大路招招摇摇地出发,对方早就养精蓄锐等在那儿,又怎么讨得到便宜?"

我的意思是兵贵神速,得赶在敌人察觉之前出奇制胜。

他却笑笑,把鹅毛大扇一挥,说:"算了吧。"

看得出,诸葛亮不采纳我的意见不光是因为他做事一贯谨慎,四平八稳,更主要的是他一直记得我脑后有那么一块反骨。他怎么敢把一支军队彻底地交给我呢?何况,我的前两次义举已沦为证明我是个不安生的造反者的绝佳事例。道义、热血在我们的三国时代实在不值分文,说难听点儿就是个屁。

我所受的猜疑后来在丞相诸葛亮死后变得愈发尖锐。那些天,全军将士沉浸在丧帅的悲痛情绪里。大家的眼睛都哭肿了,吃不好饭,睡不好觉,精神涣散,战斗力也明显下降。试问这样一支军队,怎么抵挡得住曹魏的虎狼之师?为此,我决定挺身而出,就像前两次那样让热血沸腾起来。然而一场针对我的阴谋已经在悄悄谋划了。因为诸葛亮的逝世,一些平时看不惯我旺盛的工作热情的人不想让我有发挥才能的机会,他们拒绝让我带兵继续攻魏,为西蜀的统一事业工作,反过来却诬告我要跳槽要造反。

他们是这样说的:"魏延反啦,终于反啦。"

他们说:"魏延的脑后长着一块反骨,这样的人不反谁反?"

他们还抬出诸葛亮以增加话的分量,他们说:"那话可是丞相说过的。"

后世的人都知道我的结局,是一个跳槽者或者说造反者的不光彩的下场。如诸葛亮生前所料,我最终反了(当然是给逼反的)。我脑后的反骨最终成了历史的定论。一个庸庸碌碌的叫马岱的家伙,成为诸葛亮安排的最后一枚棋子,闪烁在历史的暗角处。

马岱从我身后拍马赶来,一刀利索地砍下了我的脑袋,砍下了我的反骨。当我的魂魄飘散在半空时,我知道又一段真相被湮没了。传给后世的,从此只有文饰的典籍和浮华的戏曲。

绿萼

化 云

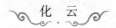

那年丫头乞讨到了梨香院门口，一张丑脸往门里探，想在梨香院里讨营生。

崔妈妈嘴一撇："想当姐儿？切！也不照照自己的模样儿。"

姐儿红缨看她可怜，说："生得这个模样儿，真不该来世上走一遭。求崔妈妈粗茶淡饭粗使唤，好歹让她活个命，女儿愿意每月少领些胭脂水粉钱。"

丫头就成了姐儿红缨的丫鬟,叫绿萼。

绿萼丑,发如枯草,眼小嘴大,一脸细碎的雀斑,丑得走路都斜着肩。

红缨美,青丝如墨,嘴小眼大,皮肤细白如凝脂,美得走路像风摆柳梢。

绿萼人丑手却巧,会梳各种漂亮的发式,会做夜里发光的簪子,会攒各种漂亮的绢花。那绢花簪在红缨的发髻,映得红缨花样的容颜更加明艳动人。更妙的是,绿萼会给红缨画清新淡雅的妆,让红缨的皮肤粉嫩水滑,却看不出施了粉黛。红缨站在那些浓妆艳抹的姐儿中间,如同凤凰落入凡鸟群,令人惊艳。红缨的美更显得绿萼丑,丑赛无盐;绿萼的丑让红缨更显得美,美似天仙。

绿萼手里伺候出来的红缨,很快成了梨香院里头牌的姐儿。

每天早起,绿萼伺候红缨梳洗打扮,然后绿萼打开镜子,让红缨看着镜子里自己娇嫩的容颜、柳样的娇态、水样顾盼生情的眼波。红缨自己都看得痴了。

红缨看着镜子,幽幽地说:"王三公子好久不来了,是因为我的脸不够润吗?"

红缨一会儿又淡淡地说:"赵二公子也很久不来了,是我这绢花不够雅吗?"

绿萼说:"姑娘美!王三公子和赵二公子是花光了银子。等他们有了银子,一定把来看姑娘当成头等的事。"

珠宝商来了,六十多岁的珠宝商一眼看上了红缨,美人!绝世芳华啊!珠宝商有的是银子,大把的银子归了崔妈妈,美丽的红缨归了珠宝商。

红缨哭:"我怎生得这样命苦?"

绿萼说:"姑娘不愿随那客人去?"

红缨说:"他是一叶残荷,我如鲜花一朵,纵是死了,也不愿意随他走啊!"

绿萼说:"姑娘放心吧,他不会带姑娘走的。"

伺候红缨梳了头洗了脸、化了妆、换了粉色的衣裳，绿萼打开镜子让红缨看，镜子里的红缨宛似出水的粉荷，娇艳欲滴。

绿萼扶红缨倚窗而立，说："姑娘不要哭，一切都会让姑娘如愿。"

红缨长叹一声，倚在窗边，娇花照水的模样，好比蹙眉的西施，更让人心生怜爱。

珠宝商颤巍巍地撩开珠帘："美人！随我去吧！"话音刚落，抬头一看，竟愣在门边，擦眼细看，长叹一声，拂袖转身，颤巍巍地下楼，喊道："那妮子一脸伤夫样，退银子！"

崔妈妈气冲冲上楼，边走边骂："老东西，老眼昏花，狗眼不识金镶玉！"崔妈妈撩开珠帘，一抬头，也倒吸一口凉气：站在窗边的红缨，与平日大不相同，面色青灰，发色晦暗，特别是高突的颧骨，果然是一副凉薄苦相。崔妈妈惊得大睁着两眼，走到红缨面前，擦了眼睛细看，红缨依然是肤如凝脂，面似桃花。一扭脸看见绿萼捂着嘴偷笑，绿萼手里举着一盏罩着绿色纱罩的纱灯，这微弱萤绿的灯光映上红缨粉色的衣衫粉嫩的脸，使得只在门口看的时候，红缨才显得一脸的晦气、一脸的幽暗。

崔妈妈一巴掌扇过去："坏事的丫头！你是不能留了，给我卖出去！但凡有谁出几两银子，接出她去，我眼前清净。"

任红缨怎样哀求，崔妈妈都不肯点头——绿萼让崔妈妈到手的银子飞了，如同割了她的肉。

听说梨香院要卖一个未破瓜的姐儿，梨香院立马挤了一院子的人。一院子的客人看见了丑绿萼都撇嘴摇头，这样的丑丫头，白领回去也嫌寒碜。

脂粉店的小掌柜拿着银子来了，说要娶绿萼。

崔妈妈喜上眉梢："快领走，快领走！"

红缨说："你若不肯，我再替你去求崔妈妈！"

绿萼说："我等的就是他！"

红缨才想起，绿萼每天都要去脂粉店替她买各色胭脂，这才知道两人早有情愫，方安下心来。

红缨说："今天是你的好日子，你也该好好地打扮打扮。你服侍我一场，就穿我的衣衫，用我的钗环。"

绿萼说："好吧！"

绿萼换上红缨的衣衫，竟是窈窕生姿。丫鬟清水洗脸，竟没有了那一脸的雀斑。淡扫蛾眉，薄施粉黛，慢点朱唇，竟是一张艳若桃花的脸。

红缨呆呆地看。

绿萼深深下拜："谢姑娘这些年的垂怜，今后我再不能在姑娘身边为姑娘解围了，姑娘也早些想法子，替自己谋个安身立命的所在啊！"

红缨摇摇头，轻叹一声："唉！我命如此！这些年委屈你了，聪明的丫头！"

红缨一抬手，红盖头遮住了绿萼令人惊艳的容颜。

脑专家杨修

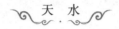

天　水

东汉末年的杨修，从小就喜欢解剖小动物。每次解剖到动物的大脑时，总觉得自己应该做点什么，但究竟该做什么，脑中却是一片空白。

一天，杨修正在摆弄一小块动物白花花的脑髓，突然听到邻居家传来一片恸哭声。原来是一中年男子因脑病突发，在痛苦中死去。小杨修心中有一股酸酸的东西直往喉头上冒。就在这一刻，他知道自己该做点什么了。

杨修立志要成为研究大脑的专家。为此，他每天都摆弄动物脑中那些白花花的东西。这些动物小到一只昆虫，大到一只青蛙一只老鼠……他还踏遍世界各地，遍访各地"脑"字号专家，甚至通过"时光隧道"请教电脑软件专家比尔·盖茨。

功夫不负有心人，杨修终于破解了各种动物大脑的基因组合。

学成归来的杨修，在一次研究中，突然萌发了对高等动物——人的大脑进行研究，特别是对领导人物大脑进行研究的想法。杨修想，要是能控制领导人物的大脑，将是一件多美的事啊。只要能控制他们，就等于控制了整个世界，战争也就可以避免了。杨修便把当时"一代奸雄"丞相曹操作为自己的试验对象。

人和动物的大脑有很多惊人的相似之处。按杨修的研究，第一步，在曹

操的大脑中植入一种 L 基因,根据这种基因在自己电脑中的反馈信息,能够预知曹操未来的打算;第二步,再植入一种 J 基因,完全控制其大脑。

第一步做得很顺利,杨修毕竟是曹操的谋士,官居主簿。一天,他很容易就用自己发明的激光枪,把 L 基因植入曹操的大脑中。接下来便是跟踪考察研究了。

第一次检验是,曹操下令造了一所后花园。落成时,曹操去观看,在园中转了一圈,临走时什么话也没有说,只在园门上写了一个"活"字。杨修通过电脑,知道了曹操的意思,便对工匠们说,"门"内添"活"字,乃"阔"字也,丞相嫌你们把园门造得太宽大了。工匠们惊叹杨修之才,于是重新建造园门。完工后再请曹操验收。曹操大喜,问道:"谁领会了我的意思?"左右回答:"多亏杨主簿赐教!"曹操虽表面上称好,而心底却很嫉妒。

第二次检验是,塞北有人给曹操送了一盒精美的酥。曹操尝了一口,突然灵机一动,想考考周围文臣武将的才智,就在酥盒上竖写了"一合酥"三个字,让仆从送给文武大臣。大臣们面对这盒酥,百思不得其解。而杨修看到盒子上的字,不假思索地把曹操要大家一人吃一口酥的意图告诉了大家。曹操大惊,心里更嫉妒杨修。

第三次检验是曹操借梦杀人,杨修又当场进行了揭露。曹操知道后开始厌恶杨修。

杨修正为自己的发明而感到高兴,准备对曹操进行第二次基因植入时,却招来杀身之祸。曹操出兵汉中进攻刘备,困于斜谷界口,欲要进兵,又被马超据守,欲收兵回朝,又恐被蜀兵耻笑。心中犹豫不决,正碰上厨师送来了鸡汤。曹操随口说道:"鸡肋!鸡肋!"行军主簿杨修见传"鸡肋"二字,早通过自己的反馈信息知晓丞相的意思,便教随行军士收拾行装,准备撤兵。曹操得知此情后大怒道:"你怎敢造谣言,乱我军心!"喝刀斧手将杨修推出斩首,将首级挂于辕门外。

"我死不足惜,可惜的是我的试验就这样夭折了,天下苍生无福啊!"杨

修死之前遗憾地对曹操说，"你必定后悔，我正在对你做脑基因试验。"

曹操不相信杨修的话，但后来频繁头痛，才知道杨修没有骗自己，J 基因没有植入大脑中，时间久了 L 基因会随时扰乱脑神经。

曹操头痛病发作得厉害，便把名医华佗叫来医病。华佗望闻问切后，摇头说："解铃还须系铃人，丞相的病，若由当世第一脑研究专家杨修植入 J 基因，几分钟便可以医治好。否则应马上做开颅手术……"

曹操听后大怒："开颅？岂不是想害我吗！"遂斩杀华佗。

华佗死后，曹操的头痛病更加严重，最后一命呜呼，临死才后悔不该斩杀杨修：当时的三国不正需要杨修这样的脑研究专家吗？要是杨修不死，他可以把脑基因植入蜀国刘备、诸葛孔明及东吴孙权的脑中，到时不费一兵一卒就能实现全国统一，哪会像现在这样搞得生灵涂炭！